Gudrid, la voyageuse

COLLECTION CONQUÊTES
directeur : Robert Soulières

Format poche

1. **Aller Retour**, de Yves Beauchesne et David Schinkel, roman, 1986, Prix de littérature-jeunesse Cécile-Rouleau de l'ACELF 1986, Prix Alvine-Bélisle 1987
2. **La vie est une bande dessinée**, de Denis Côté, nouvelles, 1989
3. **La cavernale**, de Marie-Andrée Warnant-Côté, roman, 1983
4. **Un été sur le Richelieu**, de Robert Soulières, roman, 1982
5. **L'anneau du Guépard et autres nouvelles**, de Yves Beauchesne et David Schinkel, 1987
6. **Ciel d'Afrique et pattes de gazelle**, de Robert Soulières, roman, 1989
7. **L'Affaire Léandre et autres nouvelles policières**, de Denis Côté, Paul de Grosbois, Réjean Plamondon, Daniel Sernine, Robert Soulières, collectif, 1987
8. **Flash sur un destin**, de Marie-Andrée Clermont, en collaboration, roman, 1990
9. **Casse-tête chinois**, de Robert Soulières, roman, 1985, Prix du Conseil des Arts 1985
10. **Châteaux de sable**, de Cécile Gagnon, roman, 1988
11. **Jour blanc**, de Marie-Andrée Clermont et Frances Morgan, roman, 1986
12. **Le visiteur du soir**, de Robert Soulières, roman policier, 1980, Prix Alvine-Bélisle 1981
13. **Des mots pour rêver**, Anthologie de poésie québécoise, de Louise Blouin, 1990
14. **Le Don**, de Yves Beauchesne et David Schinkel, roman, 1987, Prix du Gouverneur général de littérature de jeunesse, 1987, Certificat d'honneur de l'Union internationale pour les livres de jeunesse, 1990
15. **Le secret de l'île Beausoleil**, de Daniel Marchildon, roman, 1991, Prix Cécile-Rouleau de l'ACELF 1988
16. **Laurence**, de Yves E. Arnau, roman, 1991
17. **Gudrid, la voyageuse**, de Susanne Julien, roman historique, 1991
18. **Zoé entre deux eaux**, de Claire Daignault, roman, 1991

Grand format

Des dieux et des hommes, de Marie-Andrée Warnant-Côté, récits, 1982 (épuisé)

Où est passé Monsieur Murphy?, de Jean-Eudes Rioux, roman, 1983 (épuisé)

Ludovic, de Daniel Sernine, roman, 1983 (épuisé)

Le cercle violet, de Daniel Sernine, roman, 1984, Prix du Conseil des Arts du Canada 1984

Planéria, de Denis Côté, Francine Pelletier, Daniel Sernine et Marie-Andrée Warnant-Côté, collectif de science-fiction, 1985

Les griffes de l'empire, de Camille Bouchard, roman, 1986

Enfants de la Rébellion, de Susanne Julien, roman, 1988, Prix de littérature-jeunesse Cécile-Rouleau de l'ACELF 1988

Susanne Julien

Gudrid, la voyageuse

roman historique

ÉDITIONS PIERRE TISSEYRE
8925, boulevard Saint-Laurent — Montréal, H2N 1M5

Dépôt légal: 2e trimestre 1991
Bibliothèque nationale du Canada
Bibliothèque nationale du Québec

Données de catalogage avant publication (Canada)

Julien, Susanne

Gudrid, la voyageuse

(Collection Conquêtes)
pour les jeunes de 10 à 14 ans

ISBN 2-89051-432-3

I. Titre. II. Collection.

PS8569.U47V69 1991 jC843'.54 C91-096192-1
PS9576.U47V69 1991
PZ23.J84Vo 1991

Maquette de la couverture :
Le Groupe Flexidée

Illustration de la couverture :
Jocelyne Bouchard

ISBN-2-89051-432-3
1234567890 IML 987654321
10608

À Karl,
qui veut tout savoir,
tout découvrir

Du même auteur

Chez le même éditeur :

Enfants de la Rébellion, roman historique, 1989, Prix Cécile-Rouleau de l'ACELF, 1988.

Le temple englouti, roman, collection Papillon, 1990.

Le moulin hanté, roman, collection Papillon, 1990.

Le fantôme du tatami, roman, collection Papillon, 1991.

Aux éditions Héritage :

Les mémoires d'une sorcière, conte, 1988, Prix Raymond Beauchemin de l'ACELF, 1987.

Les sandales d'Ali Boulouf, conte, 1988.

Moulik et le voilier des sables, conte, 1990.

Le pion magique, livre-jeu, 1990.

Avis aux lecteurs

D'anciennes légendes norvégiennes et islandaises, racontent les aventures d'hommes qui ont bravé tous les dangers pour se rendre à un nouveau monde, le Vinland. Quelques rares femmes les accompagnaient. Gudrid était de celles-là.

Jusqu'à tout récemment, peu de gens croyaient à la véracité de ces récits. L'opinion des spécialistes a cependant changé quand des vestiges d'habitations vikings ont été découverts à l'Anse-aux-Meadows, au nord de Terre-Neuve.

Dans ce livre, j'imagine ce qui a pu conduire la première femme nordique à s'installer si loin de sa terre natale.

Où exactement a-t-elle mis les pieds sur ce continent? Personne ne le sait précisément. Toutes les hypothèses sont valables. Ce qui est certain, c'est qu'elle aimait l'aventure.

Pour simplifier la lecture, je me suis permis de traduire en français les noms islandais. Ainsi, entre autres, Groenland est devenu Verte-Terre et Islande, Terre-de-Glace.

Je vous souhaite un bon voyage en compagnie de Gudrid...

I

Sur les Pentes-de-Chaudefontaine

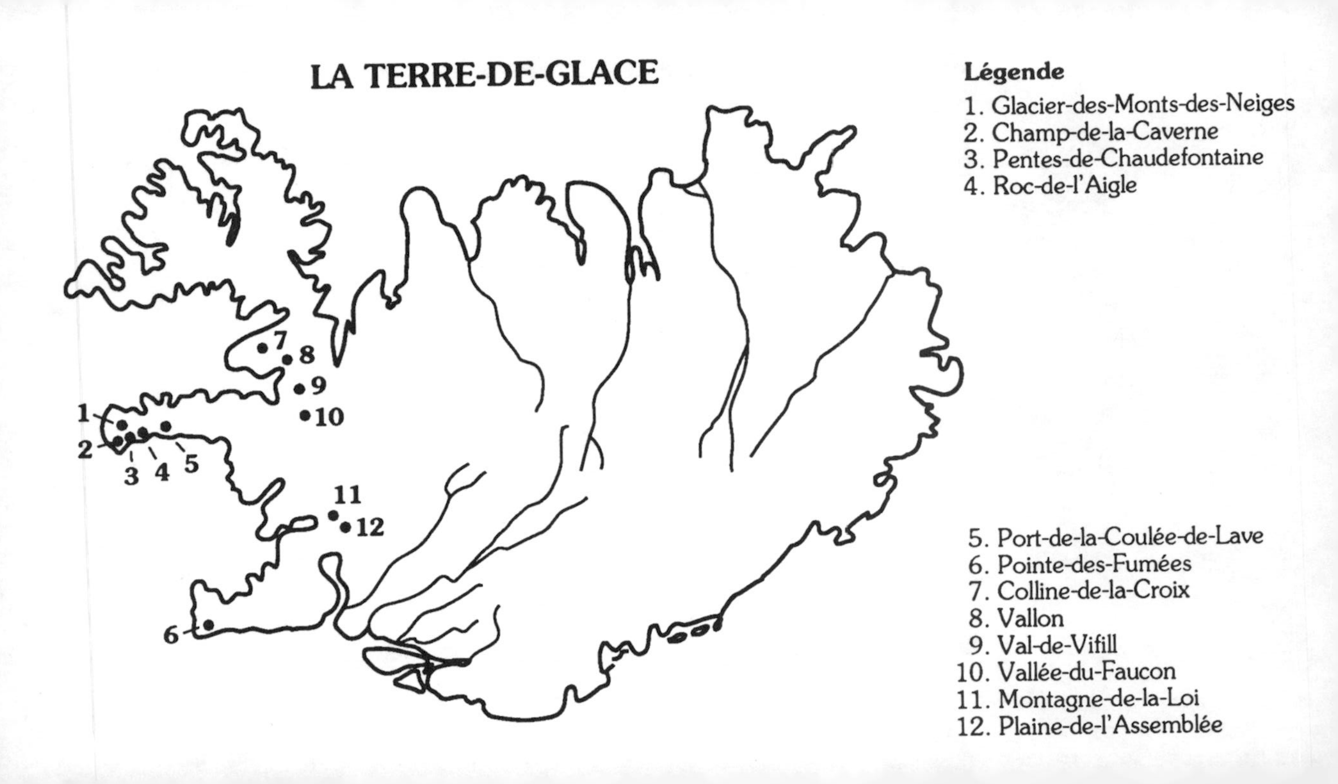
LA TERRE-DE-GLACE
Légende
1. Glacier-des-Monts-des-Neiges
2. Champ-de-la-Caverne
3. Pentes-de-Chaudefontaine
4. Roc-de-l'Aigle
5. Port-de-la-Coulée-de-Lave
6. Pointe-des-Fumées
7. Colline-de-la-Croix
8. Vallon
9. Val-de-Vifill
10. Vallée-du-Faucon
11. Montagne-de-la-Loi
12. Plaine-de-l'Assemblée
1
2
3
4
5
6
7
8
9
10
11
12

1

Lâchant subitement la main du vieil homme, la fillette se précipite vers les étalages du marchand ambulant. Elle caresse du bout des doigts les soyeuses étoffes pourpres, vertes et jaunes.

— Regarde, grand-père, lance-t-elle en se retournant, ça me va bien?

Une bande de tissu rayée rouge et blanc appuyée sur sa poitrine, elle le fixe de ses grands yeux bleus. Elle est plutôt grande pour ses 11 ans, et trop maigre, selon sa mère. La tête droite, ses longs cheveux blonds refusant de rester sagement emprisonnés par un ruban rouge, elle attend l'avis de l'homme qui l'accompagne.

Il est assez fière d'elle, de son allure de petite femme autonome, mais pour rien au monde, il ne le lui dirait. Aussi, l'œil pétillant de malice, il lui répond en souriant:

— Si tu veux te transformer en voile pour ma barque, c'est très seyant, ma petite Gudrid.

Un jeune marchand, à peine plus âgé qu'elle, retient difficilement un rire moqueur. Elle lui jette un regard furieux, le renvoyant à ses activités. Puis, abandonnant la toile rayée, elle détourne la tête pour se plonger dans la contemplation de broches, décorations et bijoux de toutes sortes.

— Comme elle est belle, s'exclame-t-elle en ramassant délicatement une épingle d'argent en forme de trèfle, finement ciselée.

— Elle vous plaît? demande le jeune garçon attiré par une vente. Je peux vous faire un bon prix, pour...

— Non, l'interrompt-elle, nous ne sommes pas ici pour cela. Je cherche...

Délaissant le bijou, elle fouille du regard les diverses marchandises disposées sans ordre apparent sur des coffres en bois. Le vendeur lui récite avec ardeur la liste de ses produits. Chaque offre est soulignée par des gestes visant à mettre en valeur ses différents articles.

— J'ai des ustensiles: marmites, couteaux, louches, blocs de verre lisses pour repasser vos vêtements? propose-t-il. Je peux aussi vous montrer de belles fourrures de renard ou encore des peignes en ivoire de morse?

Elle repousse chaque proposition d'un geste vif de la tête. Enfin, elle pointe du doigt une jarre d'argile bleue dont l'ouverture est bouchée à la cire.

— Ceci.

— Du miel? Il est excellent, il vient directement de Dublin. Je vous le laisse pour quatre marks d'argent.

— Quatre! C'est beaucoup trop. Ça en vaut à peine un.

— Un mark d'argent pour tout ce miel? vous allez me ruiner.

— Je trouve que c'est largement payé.

— Et les risques du voyage sur des mers déchaînées? Trois marks d'argent et vous prenez la jarre de miel.

— C'est encore trop.

Un homme grand et maigre, aux cheveux noirs et au visage bien rasé s'approche des deux jeunes en riant. Il salue de la tête le vieil homme qui, silencieux et souriant, a assisté à toute cette scène:

— Votre petite fille est dure en affaires, maître Vifill. Mon fils Einar a rarement l'occasion d'affronter des clients aussi tenaces.

— Je ne suis pas en peine pour votre fils, seigneur Geir. Il semble bien se débrouiller. Vous pouvez en être fier.

Cette remarque remplit le marchand d'orgueil. Un tel compliment, de la part du noble seigneur Vifill, a vraiment de quoi le réjouir.

Il n'en oublie pourtant pas son métier de vendeur pour autant. Il marchande encore quelques instants avant de céder la jarre de miel à un prix lui laissant un bénéfice raisonnable. Une dague et la jolie broche ressemblant à un trèfle sont ajoutées au marché conclu par la traditionnelle tape dans la main de l'acheteur.

— Grand-père, de quel pays vient ce bijou? demande Gudrid tandis qu'ils s'éloignent à pas lents.

— Peut-être de Bagdad.

— Bagdad! Mais c'est le bout du monde, s'exclame-t-elle.

Elle jette un regard vers la mer et scrute le *knorrar* de Geir le vendeur, à demi monté sur la grève. Le large bateau dont la voile brunâtre est enroulée, lui semble pourtant un peu fragile pour une si lointaine expédition. Vifill remarque son air incrédule et lui propose d'examiner de plus près le navire marchand.

Il soulève la jeune fille dans ses bras pour lui permettre de bien voir la base du mât fixé dans un bloc de bois. Le plancher uni, à l'intérieur du *knorrar*, lui semble étrangement vide. Il n'y a pas de murs, de toits ou d'abris sur un bateau viking, elle le sait bien. Tous les marins et les passagers sont exposés au vent du large, à l'air froid et aux vagues de la mer durant les traversées. Et pourtant, elle est fascinée. Elle s'imagine voguant sur l'océan, le nez dans les nuages ou les yeux fixant l'horizon à la recherche d'une île inconnue.

— Grand-père, c'est sur un bateau comme celui-là que tu es arrivé ici?

— Oh non! Ça c'est un navire marchand. Moi, j'étais sur un bateau de guerre, un drakkar. Il avait vraiment fière allure, tout le bois était peint en bleu. La voile blanche était décorée avec des bandes bleu et or et la proue était sculptée en forme de tête de dragon. Le voyage d'Irlande jusqu'ici, à la Terre-de-Glace, s'est effectué en sept jours. Un temps record.

— Mais, où est ton bateau, aujourd'hui?

— Ce n'était pas le mien, il appartenait à l'ancienne reine d'Irlande, Aude la Rusée. En ce moment, il est avec elle: sous terre. À sa mort, elle fut ensevelie dans son drakkar avec ses biens les plus précieux, comme le veut la tradition des Vikings.

Gudrid observe un long silence avant de dire:

— Pourquoi parles-tu toujours des Vikings de cette façon? On dirait que...

— Tu poses trop de questions, enfant! Viens, nous partons.

Vifill tourne brusquement les talons et marche à grands pas vers le sentier qui grimpe la colline et s'éloigne du village. La fillette court derrière lui pour le rattraper, mais elle s'arrête brusquement en entendant des cris provenant du bazar de Geir.

Un homme, les mains liées dans le dos et vêtu d'une simple tunique courte et sans manches malgré l'air frais, s'enfuit en direction de la forêt poursuivi par les appels rageurs du marchand.

— Un esclave en fuite, murmure Gudrid.

Vifill serre les poings et lance un regard mauvais sur le marchand et ses aides qui talonnent le fugitif. Celui-ci bondit par-dessus les obstacles, roches, troncs d'arbres, et s'approche rapidement de la jeune fille et de son grand-père. Une branche, habilement lancée par Einar, se glisse entre les jambes du fuyard qui trébuche et tombe à quelques pas de Gudrid.

Les hommes de Geir se précipitent sur lui et tentent de le maîtriser. L'esclave se débat, donne de grands coups de pied, reçoit des coups de poing, cherche à se libérer. Devant tant de fureur, Gudrid reste bouche bée, paralysée par un étrange malaise.

Vifill la pousse par les épaules:

— Ne restons pas ici, enfant. Ça ne nous concerne pas.

Ils font quelques pas en direction des arbres. Derrière elle, Gudrid entend l'esclave hurler des paroles incompréhensibles, dans une langue qu'elle ne connaît pas. Son grand-père s'immobilise soudainement, comme si la foudre l'avait frappé.

Le marchand, exaspéré par la résistance et le manque de soumission de son esclave, s'écrie:

— L'animal, il va falloir s'en débarrasser, personne ne voudra acheter un fou aussi déchaîné. Le plus simple est de le noyer dans la mer. Essayez de le traîner jusque-là.

La voix de Vifill les arrête:

— Geir! Attends!

Il s'approche de l'esclave qui cherche toujours à se libérer, et lui parle avec des mots inconnus de Gudrid. L'homme ne bouge plus et fixe Vifill dans les yeux. Vifill répète ce qu'il a dit et attend. L'homme finit par hocher la tête et murmure une réponse. Le vieil homme lance une pièce à Geir et lui dit:

— Voilà un mark d'or pour toi. Considère maintenant qu'il est mort.

Le marchand hésite un peu, puis approuve avant de retourner à ses affaires:

— De toute façon, je n'aurais jamais pu le vendre. Jusqu'à présent, il ne m'a causé que des ennuis. Au revoir, maître Vifill.

L'esclave, soulagé de ses liens, se relève lentement. Vifill l'interroge et discute avec lui dans cette langue que la fillette ne comprend toujours pas. Les yeux ronds, elle dévisage l'inconnu et attend la fin de cette conversation. Son grand-père, visiblement troublé, a prêté son manteau à l'homme qui tremble de froid. Pas très grand, mince, de courts cheveux bruns et frisés entourent son crâne dégarni. Tous signes de révolte ou de violence ont disparu de son visage et de ses gestes pour faire place à une grande tristesse et à une certaine crainte. Vifill se tourne vers sa petite-fille et fait les présentations:

— Cet homme s'appelle Hugues, il va maintenant habiter avec moi. Je lui ai rendu sa liberté.

Puis, à l'aide de gestes significatifs, il ajoute en se tournant vers l'homme:

— Voici ma petite-fille, Gudrid.

Hugues lui fait une réponse qui se veut polie, mais qu'elle ne comprend pas. Son grand-père traduit:

— Il dit que je suis un homme heureux d'avoir une si charmante enfant dans ma famille.

Gudrid sourit, puis bombarde le vieil homme de questions: Qui est-ce? d'où vient-il? quelle langue parle-t-il? où as-tu appris à la parler?

— Gudrid, tu poses trop de questions. Nous partons.

Sans plus s'occuper d'elle, la jarre de miel appuyée sur son épaule, il se dirige vers leur domaine, le Champ-de-la-Caverne, situé de l'autre côté de la colline, non loin de la mer. Elle trotte derrière les deux hommes qui parlent à voix basse, comme si elle pouvait comprendre les secrets de leurs paroles.

Pensive, elle s'interroge sur l'attitude de son grand-père. Jamais auparavant, elle ne l'avait vu intervenir en faveur d'un esclave. Il est vrai qu'il lui a souvent dit que c'était mal d'obliger quelqu'un à nous servir en lui volant sa liberté. Mais les esclaves qui travaillent à la maison et aux champs de son père, Bjorn, n'ont pas l'air malheureux. Ils mangent à leur faim, ont des vêtements chauds et ils couchent sous un toit à l'abri du vent, du froid, de la neige et de la pluie. Elle n'a jamais vu aucun d'eux se plaindre d'être maltraité. Évidement, ils ne sont pas libres, mais... c'est comme cela que l'on vit dans son pays, la Terre-de-Glace.

Oubliant tout cela, elle regarde un oiseau noir tournoyer dans le ciel au-dessus de sa tête. Mauvais présage. Elle songe tout à coup à sa mère, la blonde Hallveig, qui attend un enfant, le septième. Elle frissonne. Des six bébés déjà venus au monde, il n'y a qu'elle de vivante. Cinq bébés morts à la naissance, cinq garçons morts avant même de vivre. Et ce septième enfant qui doit arriver bientôt, demain peut-être?

Elle secoue la tête vivement pour chasser les idées sombres qui l'assaillent. Tout ira bien. Dans quelques jours, elle bercera une poupée vivante et grouillante qui sucera son doigt enduit de miel.

Le soleil de fin d'été, encore haut dans le ciel malgré l'heure avancée, lui chauffe les joues et endort ses craintes. Elle aperçoit de loin la longue demeure, basse, recouverte de tourbe, qui est le centre de leur domaine. En s'approchant, elle découvre peu à peu les petites habitations qui l'entourent, la forge, les entrepôts, l'abri pour le bois et la vacherie. Un champ d'orge et un jardin potager s'allongent derrière les bâtiments.

— Vois-tu la même chose que moi? lui demande Vifill. Il y a deux chevaux près de la maison. Aurions-nous des visiteurs?

Gudrid cherche des yeux, aperçoit sa mère assise dehors sur un banc en bois avec deux autres personnes, puis s'exclame en s'élançant vers eux:

— Tante Halldis et oncle Orm.

Elle rit, crie, fait de grands gestes de ses bras et court aussi rapidement qu'elle le peut.

— Bonjour, petite princesse, s'écrie son oncle en la soulevant dans les airs. Ah! Tu as grandi et tu deviens bien pesante.

— Comme je suis heureuse de vous voir, lui dit-elle en l'embrassant. Il y a si longtemps que vous nous avez rendu visite.

Son père sort de la forge et lui lance:

— Si tu n'arrêtes pas de les étouffer avec tes caresses, ils ne reviendront plus.

Halldis prend sa défense:

— Tu te trompes, Bjorn, ses marques d'affection ne nous font pas fuir, au contraire.

Joignant le geste à la parole, elle serre la fillette sur son cœur et lui passe la main dans les cheveux. La petite se dégage aussitôt pour montrer le bijou que son grand-père lui a offert.

— Il est magnifique, complimente sa mère. Ton grand-père a toujours aimé te gâter.

Bjorn remarque son père et un étranger qui marchent lentement vers la maison. Orm et lui les rejoignent et une discussion animée se fait entendre. Laissant les hommes dehors, Hallveig, sa fille et Halldis vont préparer le repas du soir.

2

La soirée s'est déroulée dans le calme. Assis sur des bancs en bois autour du foyer central, les adultes ont parlé de leurs activités respectives depuis leur dernière rencontre. Pendant ce temps, Gudrid, sans rien perdre de la conversation, a placé de minces matelas de plume sur les banquettes fixées aux quatre murs de la demeure.

Sa mère, fatiguée par sa grossesse, est déjà couchée. Bjorn semble avoir accepté les explications de son père et a installé l'étranger près de Vifill; il lui a aussi fourni des vêtements.

Allongée sous ses couvertures, Gudrid entend les ronflements de son grand-père et la respiration saccadée de l'ancien esclave qui doit rêver. Elle ne parvient pas à dormir. Elle tend l'oreille, mais son père, sa tante et son oncle, toujours auprès du feu, ne parlent pas assez fort pour qu'elle comprenne. Elle se retourne dans son lit, pousse de gros soupirs et réussit finalement à attirer l'attention de

Halldis qui vient s'asseoir près d'elle et lui caresse les cheveux.

— Pourquoi les visions du sommeil tardent-elles tant à te visiter? demande la femme à la fillette. Qu'y a-t-il donc dans cette jolie petite tête?

Gudrid lui sourit et lui explique qu'elle ne peut s'empêcher de penser à son grand-père. Elle ne comprend pas pourquoi il a sauvé l'esclave.

— Je vois, dit sa tante, l'attitude de Vifill t'intrigue. C'est une longue histoire, tu sais.

— Raconte-moi! s'écrie Gudrid. S'il te plaît, j'aime les histoires, surtout quand c'est toi qui les contes.

— D'accord, accepte Halldis. Dans ce temps-là...

Gudrid, heureuse, se cale sous son édredon. Ces quatre petits mots «Dans ce temps-là» éveillent en elle tellement de beaux souvenirs. Chaque fois que sa tante Halldis les a prononcés, des tableaux remplis de paysages merveilleux, d'actions éclatantes et de personnages courageux se sont dessinés dans sa tête. Elle retient son souffle et écoute avec la plus grande attention la voix chaude et douce de la femme.

— Dans ce temps-là, sur des terres lointaines bien au-delà de la mer...

— En Irlande?

— Plus loin encore, existe un vaste pays situé au sud où habitent des chrétiens. Il y a là de grands champs de blé qui s'étendent aussi loin que les yeux peuvent voir; avec des petits boisés où les arbres sont si hauts qu'on a peine à entendre un oiseau chanter sur sa dernière branche; et des petites rivières où les enfants se baignent entre les poissons. Il y fait beaucoup plus chaud qu'ici.

— Même en hiver?

— Leur hiver est plus court et moins rigoureux que le nôtre. Il n'y a pas de glaciers comme chez nous. C'est un endroit où il fait bon vivre. C'est là qu'habitait un homme appelé Vifill et ses parents. À l'époque, il était très jeune, à peine 20 ans, peut-être un peu moins. Son père était un noble, un parent du roi de ce pays. Les gens disaient qu'il avait du sang bleu.

— Bleu? Mais c'est impossible. Le sang, c'est rouge.

— C'est une expression qui signifie que l'on fait partie de la noblesse. Un jour, des Vikings sous le commandement de leur chef, Olaf le Blanc, roi d'Irlande, attaquèrent le pays de Vifill. La bataille dura longtemps. Pendant des jours et des jours, les habitants se défendirent de leur mieux. Les Vikings tuèrent beaucoup de gens, pillèrent les maisons, prirent la nourriture, le bétail, les objets précieux qu'ils désiraient. Ils capturèrent aussi des jeunes hommes et des jeunes filles pour en faire des esclaves. Vifill fut de ceux-là. Ses parents étaient morts et tous ses biens détruits ou volés.

— C'est terrible.

— Oui, pour Vifill c'était horrible, mais pour les Vikings c'était tout à fait normal, puisqu'ils étaient les vainqueurs de cette bataille. Ils retournèrent en Irlande et c'est là qu'Olaf, puis son fils, périrent dans des combats.

— Tant mieux, ils étaient trop méchants.

La simplicité de cette remarque fait sourire Halldis qui poursuit:

— Vifill devint donc la propriété d'Aude la Rusée, la femme d'Olaf le Blanc. Celle-ci décida de quitter ce pays pour s'établir ici, à la Terre-de-Glace. Elle traversa la mer sur un superbe bateau, un drakkar, avec vingt hommes libres et quelques esclaves. Avant le départ, elle promit la liberté aux esclaves s'ils parvenaient à destination sans problèmes. Le voyage fut rapide car le vent était bon. Elle s'installa au Vallon près de la Colline-de-la-Croix. Là, elle donna à chacun de ses hommes une maison et un terrain. Vifill alla la voir et lui demanda de tenir sa promesse. Il demanda aussi une maison pour chaque esclave. Il lui expliqua qu'il était un homme de haute naissance, comme certains de ses infortunés compagnons, et qu'ils méritaient eux aussi un toit et une terre pour bien vivre.

— A-t-elle accepté?

— Bien sûr! Les Vikings tiennent toujours leurs promesses. Tout le monde eut droit à sa petite demeure. Aude donna à Vifill une petite vallée qu'il nomma le Val-de-Vifill. C'est ensuite qu'il épousa Thurid, ta grand-mère...

— Qui eut deux enfants, Bjorn, mon père et oncle Thorgeir.

— Et plus tard, beaucoup plus tard, Bjorn épousa Hallveig et il bâtit sa maison au Champ-de-la-Caverne, où ton grand-père vint les rejoindre après la mort de Thurid.

Halldis se tait. Son histoire est terminée, mais Gudrid ne comprend toujours pas pourquoi son grand-père a agi ainsi.

— C'est pourtant simple. L'homme qu'il a sauvé vient du même pays que lui. Vifill l'a reconnu à la langue parlée par ce Hugues. Entre compatriotes, il faut bien s'entraider. Au fond, je crois que ton grand-père n'a jamais oublié son pays d'origine. Il y pense souvent. Mais, sans bateau, il lui est impossible de quitter l'île. Dors maintenant. Il se fait tard.

La fillette ferme les yeux, puis les ouvre brusquement:

— Dis-moi, tante Halldis, si mon grand-père a du sang bleu, est-ce que moi aussi il est de la même couleur?

— Oui, Gudrid, il est aussi bleu que tes yeux.

La jeune fille rit et s'enroule dans sa couverture.

3

Cachée au fond de la caverne qui fait face à la mer, Gudrid pleure. Cette grotte, qui ressemble à la gueule grande ouverte d'un ours, elle la connaît bien. Depuis qu'elle est en âge de marcher seule, de courir un peu partout sur le domaine de ses parents, elle y est venue presque tous les jours. Pour jouer, rêver, imaginer ce qu'il y a de l'autre côté de la vaste étendue d'eau qui caresse et parfois frappe le sable au pied de l'entrée.

Mais aujourd'hui, elle ne pense ni à rire, ni à rêvasser. Elle a trop mal. Hier soir, sa mère a ressenti les premières douleurs. Tante Halldis a aussitôt demandé à la jeune fille de préparer un bol d'eau tiède et de trouver des linges propres. Ensuite, elle l'a fait sortir de la maison avec les hommes qui d'après elle sont tout à fait inutiles dans les circonstances.

Et il a fallu attendre et attendre. Ce fut long et surtout pénible. Parfois les cris de sa mère résonnaient dans la maison. Alors, Bjorn tournait en rond, allait et venait sans rien dire. Puis enfin, tante Halldis est sortie pour annoncer que c'était terminé. Bjorn lui a demandé si c'était un garçon, elle s'est contentée de soupirer et de hausser les épaules.

Gudrid a compris qu'elle n'aurait jamais de frère, ni de sœur. Le septième bébé n'était pas plus vivant que les autres. Elle s'est alors enfuie vers sa cachette pour y dissimuler son chagrin.

Maintenant le soleil allume sur la mer des petites flammèches blanches qui dansent sous ses yeux. Elle les fixe sans les voir et songe soudain que sa mère a sûrement besoin d'aide. Elle sort en courant de la caverne et aperçoit à quelques pas d'elle, son grand-père assis sur un rocher. Sans parler, elle se blottit contre lui.

— Écoute, enfant, murmure-t-il d'une voix douce et basse, je dois te parler. Bjorn m'a demandé de le faire pour lui, il est trop...

Le vieil homme cherche ses mots avant de continuer:

— Trop secoué pour t'expliquer ces choses.

— Je sais, réplique-t-elle en se dégageant, mère ne pourra plus jamais avoir d'enfant. Je serai toujours leur seule fille, n'est-ce pas?

Vifill la regarde, mais ne répond pas tout de suite. Il prend ses petites mains dans les siennes. Après un long silence à l'observer, il se décide enfin:

— Gudrid, tu n'es plus une petite fille, tu es suffisamment grande pour comprendre ce qui arrive. Ton père va avoir besoin de toi, tu seras dorénavant la femme de la maison.

— Que veux-tu dire? Que je dois aider davantage mère dans ses travaux?

— Plus que cela, tu vas la remplacer.

La jeune fille ouvre la bouche, mais ne dit rien. Pourquoi, la remplacer?

— Gudrid, ta pauvre mère a été très malade cette nuit, après l'accouchement. Trop malade. Elle nous a quittés pour le monde des ombres. Elle est morte.

— Non, non, crie-t-elle, je ne veux pas, je ne veux pas.

— Personne ne veut que ces choses arrivent, et pourtant c'est ainsi. Il faut t'y résoudre.

Il tire vers lui sa petite fille et la berce doucement dans ses bras. Gudrid ne pleure pas, elle est révoltée. C'est injuste, trop injuste.

4

Dehors, sur les branches des arbres, de toutes petites feuilles pointent timidement comme si elles craignaient que l'hiver ne revienne. Un hiver qui fut terriblement froid. Gudrid, qui a vieilli d'un an, fait le tour de son domaine. Elle visite sa caverne, se promène sur la plage en prenant garde de se mouiller les pieds, piétine dans les champs qu'il faudra bientôt ensemencer.

C'est aujourd'hui la fête du dieu Freyr, le dieu des semailles. Tout comme son père et son grand-père, elle est chrétienne et ne devrait pas croire aux divinités vikings. Mais ici, à la Terre-de-Glace, les chrétiens sont en minorité et il faut se plier aux coutumes du pays. C'est pour cela que Bjorn, qui est un grand seigneur du village et des alentours, doit célébrer l'événement et inviter ses voisins et amis.

La préparation d'une telle fête demande beaucoup de travail. Les esclaves ont déjà cuit les pains et la viande, vérifié la fermentation de la bière et nettoyé la place où se tiendront les invités.

En tant que maîtresse de la maison, Gudrid a dû tout surveiller, diriger les opérations, vérifier le travail de tout son monde et mettre la main à la pâte. Du matin au soir, elle n'a pas arrêté. Toujours active, elle ne s'est pas inquiétée de la fatigue qu'elle ressentait. Non, elle pensait avec joie à tous ces gens qui viendraient bientôt. Elle songeait surtout à tante Halldis et à oncle Orm qu'elle n'a pas revus depuis l'été dernier.

À tant travailler, le temps a vite passé, et c'est enfin le grand jour. Les villageois se présentent au domaine par petits groupes. Bjorn et sa fille les accueillent chaleureusement, mais Vifill se tient en retrait. Il participe rarement aux cérémonies païennes.

L'arrivée d'Orm et de Halldis ne passe pas inaperçue, car la tante de Gudrid joue un rôle spécial lors de la plupart des fêtes vikings. En tant que prêtresse, elle a droit à certains honneurs. Revêtue d'une robe bleue, brodée de minces fils d'or, elle s'avance au centre des convives et chante d'une voix douce un long psaume destiné à attirer les faveurs du dieu de la fertilité, Freyr.

Tous écoutent avec ferveur les paroles de ce cantique qui fait l'éloge de la terre et des bienfaits qu'elle apporte à ceux qui la travaillent. Gudrid répète mentalement quelques mots:

«Nourrice de la nature
Germe de vie infini
Donne à tes serviteurs
Leur plus grand bonheur.»

Lorsque la voix de Halldis s'éteint, les gens présents ramassent une poignée de terre et la lancent en l'air en criant le nom de Freyr. Puis, chacun émiette un morceau de pain sur le sol et y répand de la bière pour honorer le dieu et lui demander de protéger leurs récoltes. Ces signes d'adoration terminés, ils pénètrent tous dans l'unique pièce de la grande demeure de Bjorn. Là, des tables sont installées pour festoyer dignement.

Par respect pour son père, Bjorn offre la chaise du maître de la maison à Vifill qui accepte cet honneur. Le vieil homme sait bien que ce serait mal vu de refuser toute participation à cet événement. Avant de s'asseoir, il étend les bras devant lui et, dans le silence qui se crée, il dit d'une voix forte:

— Que cette nouvelle année, vous soit favorable à tous, qu'elle apporte dans chaque foyer, joie et prospérité. Durant l'hiver, la nature a fait provision de forces neuves et s'est reposée des durs labeurs passés, elle est maintenant prête à reprendre vie pour nous.

Soulevant une corne remplie de bière, il termine ainsi:

— Profitons de ses bienfaits.

Tous les convives font comme lui et boivent en l'honneur de la vie renouvelée. Les esclaves servent les invités, sous l'œil attentif de Gudrid. Elle désire tellement que la fête soit une réussite qu'elle en oublie de manger elle-même. Elle voudrait être partout à la fois.

Sa tante l'observe et ne peut s'empêcher de glisser à l'oreille de son mari:

— Regarde, la petite. Comme elle a changé! Elle a maigri et son visage est si pâle. Pauvre enfant, elle est beaucoup trop jeune pour tant de responsabilités.

Orm hoche la tête, sans rien dire. Halldis ne peut aider la jeune fille dans ses tâches, car une prêtresse en fonction ne doit pas accomplir d'autre travail. Elle se promet bien pourtant d'en discuter plus tard avec Bjorn.

5

Gudrid, épuisée, s'est endormie par terre dans un coin de la grande salle. Elle n'avait pourtant que l'intention de se reposer quelques secondes sans se faire remarquer des invités. Malgré les rires et les cris de joie qui l'entourent, la fatigue l'a engourdie, ses yeux se sont embrouillés et le sommeil l'a envahie.

La soirée s'est achevée sans elle. Les derniers villageois partent à l'instant. Doucement, Bjorn la prend dans ses bras et la dépose sur sa couchette. Il la borde et l'embrasse avant de rejoindre Halldis et Orm qui parlent à voix basse avec Vifill.

— Elle n'est encore qu'une enfant, murmure Halldis, et elle en sait si peu sur son rôle de femme. Il n'y a personne pour lui transmettre de mère en fille l'enseignement dont elle a besoin.

— Je le sais bien, intervient brusquement Bjorn. Il n'y a que des hommes ici. Du vivant de Hallveig, les choses étaient bien différentes pour elle. Mais je n'ai pas l'intention de me trouver une seconde épouse. Pas question!

— Ce n'est pas ce que nous voulions insinuer, mon ami, réplique doucement Orm. Tu connais notre affection pour la petite. Le destin a voulu que les dieux ne nous accordent jamais la joie d'avoir des enfants, alors nous avons conçu pour ta fille un amour presque paternel.

— Il ne faut pas croire que nous t'accusions de quoi que ce soit, poursuit Halldis. Nous ne voulons que son bien, tout comme toi, et nous sommes bien conscients de tous les efforts que tu y mets. Mais bientôt elle sera une jeune fille, presque une femme. Une autre femme doit s'occuper d'elle durant cette transformation de l'enfance à l'adulte.

— Désolé, mais je ne connais aucune femme disponible pour cela, lance Bjorn.

— Tu fais erreur, mon fils, fait Vifill en lui coupant la parole. Il y a Halldis.

Bjorn fixe son père, puis ses amis, sans répondre. Il se lève, leur souhaite une bonne nuit et va se coucher sans plus parler. Le vieil homme retient Orm et Halldis:

— Donnez-lui la nuit pour réfléchir. Le sacrifice est énorme pour lui.

6

Gudrid s'étire longuement avant d'ouvrir les yeux. Elle voit son père, seul, accroupi près du foyer. D'un geste sûr, il fend une bûche. La fillette se lève en silence et s'approche de lui sur la pointe des pieds. Elle attend qu'il dépose sa hache pour lui sauter dans le dos en lançant:

— À l'attaque! Je te tiens, tu es mon prisonnier.

Bjorn se défend mollement, puis se laisse tomber sur le sol.

— Je demande grâce. Qu'exiges-tu comme rançon pour me libérer?

— Hum! Je crois que deux baisers sur mes joues et une caresse devraient suffire. Pour cette fois!

Il s'exécute et garde l'enfant serrée contre lui plus longtemps que de coutume, avant de lui servir un bol de *skyr*. Elle mange avidement la bouillie d'orge et de lait caillé à laquelle son père a ajouté du miel et des noix.

— Où sont tante Halldis et oncle Orm? Ils ne sont pas déjà partis pour le Roc-de-l'Aigle! demande-t-elle entre deux bouchées.

— Non, ils font le tour du domaine avec ton grand-père. Tu sais bien qu'ils ne nous quitteraient pas sans te le dire.

— Je suis tellement contente qu'ils aient pu venir pour la fête de Freyr. Hier, je n'ai pas eu le temps de leur parler, pourtant j'ai tant de choses à leur raconter.

— N'aie crainte, tu auras bien le temps, tout le temps voulu.

Sa voix est amère et ses yeux sont tristes. Gudrid le remarque. Elle s'assoit tout contre lui et le fixe.

— Père, pourquoi ne ris-tu pas, aujourd'hui? Tu n'es pas content de moi? Est-ce que...

— Que vas-tu imaginer là? Je suis entièrement satisfait de toi, répond-il en se forçant pour sourire.

Elle ne dit rien, mais ne le lâche pas des yeux. Impossible de lui cacher quoi que ce soit. Il doit s'expliquer.

— Halldis m'a fait une proposition à ton sujet. Elle aimerait que tu ailles chez elle.

— Pour y passer quelques jours? Ce serait bien, il y a tellement longtemps que je ne suis pas sortie du domaine. L'idée me plaît.

— Il n'est pas question de quelques jours, mais de beaucoup plus longtemps. Elle veut parfaire ton éducation de jeune fille. Il faut bien admettre que ce n'est pas moi qui pourrait le faire.

— Mais... Ça signifie que je te laisserais seul!

— Mais non! Je ne suis pas seul, il y a Vifill, Hugues et tous les serviteurs. Ne pense pas à cela, réfléchis uniquement à la demande de ta tante. As-tu envie d'aller vivre avec elle?

Elle hésite, regarde son père qui lui sourit, puis accepte l'invitation.

— Bien, va lui annoncer la nouvelle, lui suggère son père.

Il la regarde sortir en courant de la maison et soupire. Son rayon de soleil lui file entre les doigts.

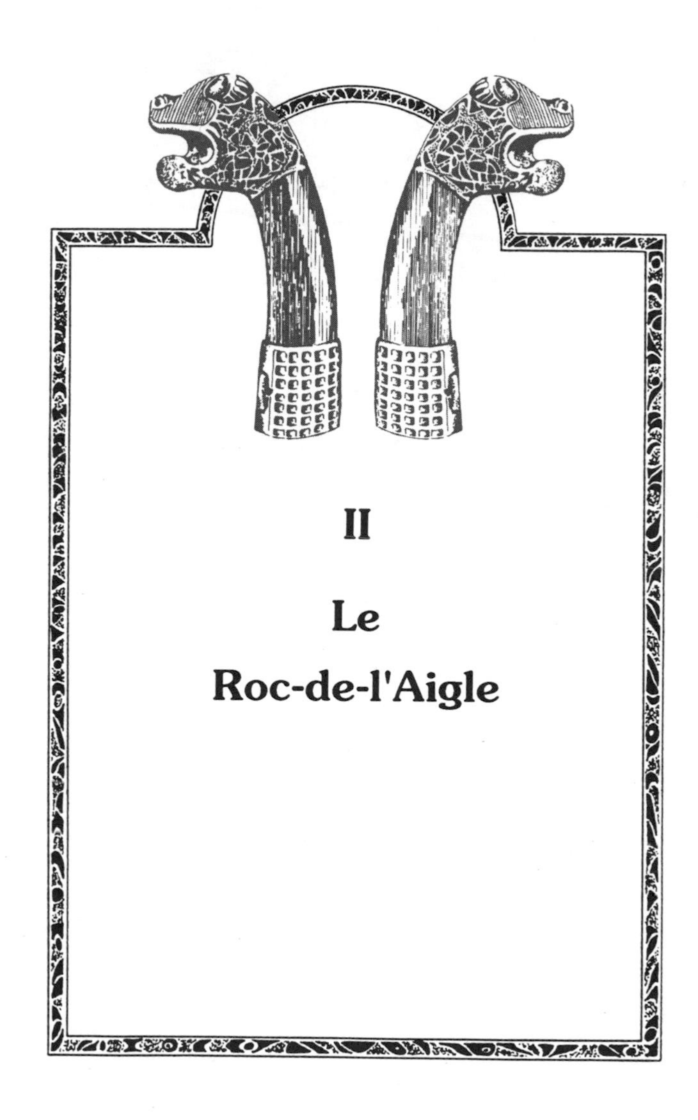

II

Le Roc-de-l'Aigle

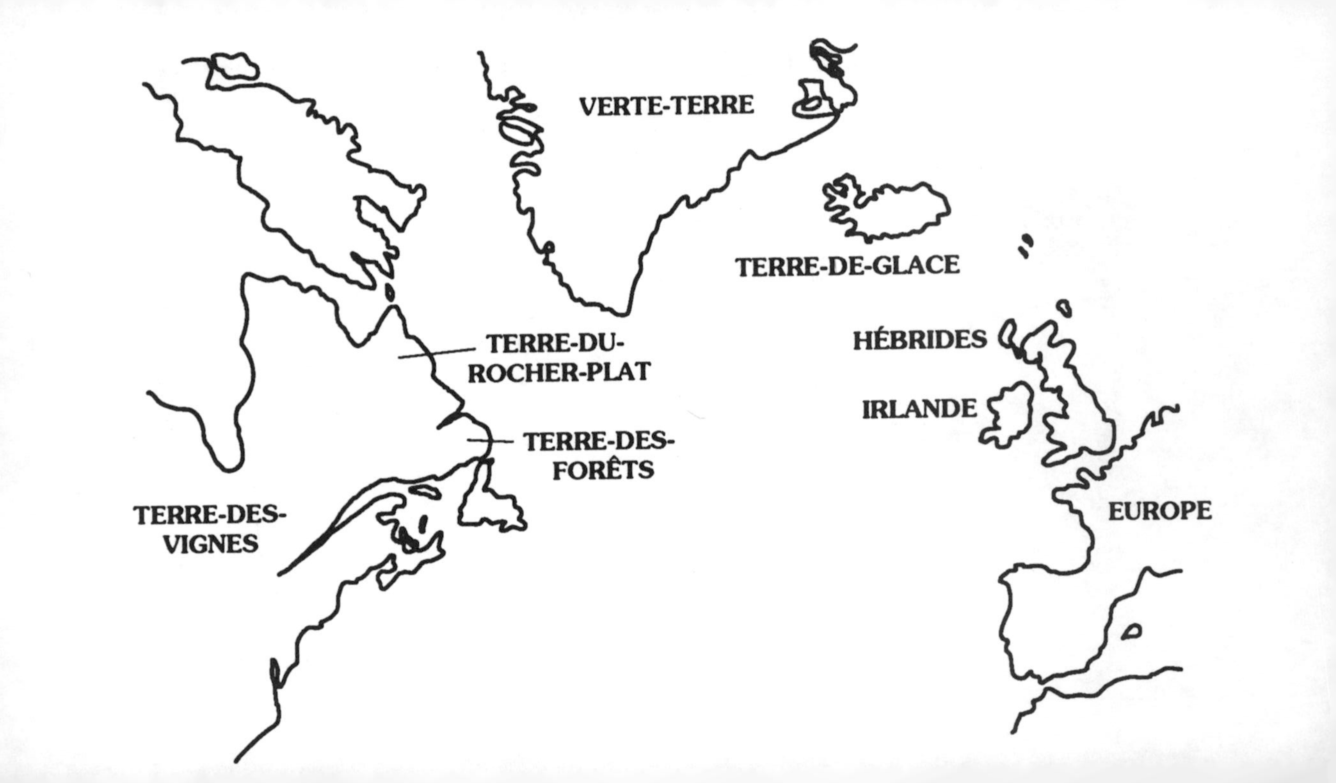
VERTE-TERRE
TERRE-DE-GLACE
HÉBRIDES
IRLANDE
EUROPE
TERRE-DU-
ROCHER-PLAT
TERRE-DES-
FORÊTS
TERRE-DES-
VIGNES

1

Bien emmitouflée dans une cape de laine, Gudrid chevauche derrière son oncle et sa tante. Ils ont d'abord suivi le sentier qui mène au village des Pentes-de-Chaudefontaine, mais ils n'y ont pas pénétré. Ils l'ont contourné vers le nord, jusqu'au pied du Glacier-des-Monts-des-Neiges.

La température y est beaucoup plus froide. Près de l'énorme champ de glace éternelle, il semble que ce soit toujours l'hiver. Gudrid frissonne en guidant sa jument dans la neige. Heureusement, le chemin tourne vers l'est et s'éloigne de cette colline de glace.

Ils traversent une maigre forêt accrochée aux flancs d'une montagne. L'ascension est ardue, les roches déboulent sous les pas des bêtes. La fillette s'agrippe fermement à la crinière de sa monture. Ils débouchent enfin sur le sommet et elle aperçoit une longue maison et quelques petits bâtiments perdus, isolés, loin de tout.

La propriété d'Orm est juchée sur une falaise en face d'un fjord. Tout près de là, un pic surplombe l'endroit. Gudrid y voit ce qui lui semble être des nids d'aigles. Le Roc-de-l'Aigle porte bien son nom.

À l'intérieur de la grande salle, répandant une bonne chaleur, un feu est allumé. Le long foyer rectangulaire est creusé à même le sol et est entouré d'un muret de pierres. Un simple trou dans le plafond sert à évacuer la fumée. Un rôti de mouton cuit sur une broche qu'une esclave tourne régulièrement.

Gudrid est vite installée, son bagage n'est pas très grand. Une robe de lin bleue, une autre en laine verte, deux tuniques jaunes bordées de bleu sans manches, une robe de nuit blanche et quelques bas complètent sa garde-robe. Avec ses deux paires de bottines en cuir, elle a de quoi se vêtir convenablement de la tête aux pieds.

Dans un petit sac de toile rouge, elle a emporté les rares objets qu'elle possède, un peigne fabriqué par son père dans un bois de daim, un bracelet en bronze et l'épingle d'argent en forme de trèfle. Tout son avoir est enfoui dans un coffre que lui prête Halldis.

Puis elle va se promener à l'extérieur. Il y a tellement longtemps qu'elle est venue ici, qu'elle doit refaire connaissance avec la montagne. La jeune fille réalise que la terre est plus pauvre que celle de son père. Sur un sol rocailleux, les jardins et les champs sont moins productifs. En contrepartie, son oncle élève plus de moutons et de chèvres et il vit aussi de la pêche.

En s'approchant de la falaise, elle voit un grand bateau amarré sur la plage du fjord. Plusieurs hommes s'activent autour. À cette distance, elle distingue mal ce qu'ils font et n'entend que vaguement les échos de leurs paroles. Curieuse, elle descend le sentier abrupt.

En l'apercevant venir vers eux, les hommes cessent leur travail et envoient un émissaire au-devant d'elle. C'est un tout jeune homme, un adolescent à la chevelure rousse.

— Bonjour! Nous avons dû accoster ici, lui dit-il. Notre gouvernail s'est brisé lors d'une tempête en mer. Peux-tu me dire en quel endroit de la Terre-de-Glace nous avons échoué?

— Cet endroit s'appelle le Roc-de-l'Aigle. Si vous avez besoin d'aide, mon oncle habite là-haut.

— Nous manquons justement d'eau douce. Nous irons chez lui avant la tombée de la nuit. Merci.

Il lui tourne aussitôt le dos pour reprendre son travail. Gudrid trouve qu'il n'est pas très bavard. Elle hausse les épaules et va prévenir son oncle.

2

Les naufragés ont mis trois jours pour fabriquer un nouveau gouvernail et pour effectuer de menues réparations sur leur navire. Orm a passé beaucoup de temps avec eux pour les aider. Il leur a aussi fourni de l'eau, de l'orge et de la viande séchée, car ils avaient perdu une partie de leurs victuailles. Demain, ils repartiront vers leur destination, la Norvège.

Mais ce soir, ils sont les invités d'Orm et de Halldis. Gudrid a aidé à la préparation du repas d'adieu. «Repas d'adieu» ne lui semble pas un terme très approprié, car, en réalité, elle n'a eu aucun contact avec eux depuis leur arrivée. Tante Halldis n'a pas voulu. Elle l'a même réprimandée quand elle a su qu'elle était descendue les voir le premier soir:

— Il n'est pas convenable pour une fille de ton âge d'aller au-devant des hommes, surtout des étrangers. Cela aurait pu être dangereux.

— Dangereux? Mais pourquoi? Je désirais seulement savoir qui ils étaient. Père ne m'a jamais empêché de parler à qui que ce soit.

— Chez ton père les choses étaient différentes. Tous savaient qui tu étais et jamais personne n'aurait osé te manquer de respect. Sinon, ils auraient eu affaire à Bjorn. Mais tu ne connais pas ces voyageurs, il fallait te méfier d'eux.

La jeune fille a bougonné et boudé, mais a obéi aux ordres de sa tante. Maintenant, il ne lui reste qu'à faire bouillir des choux en attendant les invités. Elle prend son seau et se dirige vers le puits derrière la remise à bois. Le seau attaché à une corde, elle le laisse descendre au fond du trou. Lentement, elle le remonte quand soudain, une main se pose sur la sienne et arrête son geste.

Elle sursaute et reconnaît l'adolescent qui lui a déjà parlé.

— Désolé, je ne voulais pas te faire peur, lui dit-il en ramenant l'eau à la surface.

— Peur? Tu me prends pour qui? réplique-t-elle insultée. Tu m'as seulement surprise. Je ne t'ai pas entendu approcher.

— Moi, qui voulais simplement faire connaissance et me montrer aimable avec toi, c'est raté, marmonne-t-il en déposant le seau par terre.

Devant son air dépité, la mauvaise humeur de Gudrid s'envole. Elle lui sourit et demande:

— Quel est ton nom? Viens-tu de loin? Pourquoi vas...

Il éclate de rire et dit:

— Laisse-moi une chance de te répondre! On dirait un interrogatoire que devrait subir un condamné. Je m'appelle Leif, fils d'Érik le Rouge de la Raide-Pente à la Verte-Terre. Et toi?

— Gudrid, fille de Bjorn du Champ-de-la-Caverne. Notre demeure est un peu plus à l'ouest, pas tellement loin d'ici.

— Tu es vraiment la fille de Bjorn, le fils de Vifill? Mon père m'a souvent parlé de lui. Il m'a raconté qu'il l'avait beaucoup aidé quand le grand conseil l'a condamné à l'exil.

— Ton père vit en exil! Pourquoi? s'étonne-t-elle.

— Pour une histoire d'honneur. Je ne veux pas t'ennuyer avec cela.

— Tu ne m'ennuies pas, au contraire, mais je ne veux pas te forcer à conter cela si ça te met mal à l'aise.

Il hésite un peu, puis voyant ses grands yeux bleus qui le fixent gentiment, il s'assoit sur une grosse pierre bordant le puits et raconte ce qu'il sait.

— Il y a environ une quinzaine d'années, quand mon père vivait dans la Vallée-du-Faucon au nord de la Terre-de-Glace, deux de ses esclaves provoquèrent par accident un éboulement de terrain chez son voisin, Eyolf la Vase. Celui-ci se mit en colère et tua nos deux esclaves. Père le provoqua alors en duel et il le blessa à mort. Mais des parents d'Eyolf entamèrent des poursuites contre mon père devant l'assemblée des hommes libres. L'assemblée jugea qu'il était coupable et le condamna à l'exil pour un an.

— Coupable? Mais le gagnant d'un duel n'est jamais coupable! S'il a réussi à vaincre son assaillant, c'est grâce à l'aide du dieu Thor.

— Je sais, mais les seuls témoins du combat étaient des amis ou des membres de la famille d'Eyolf. Ils affirmèrent que mon père n'avait pas respecté les règles. Sa parole seule contre eux ne fut pas suffisante.

— Mais cet exil ne devait durer qu'un an, pourquoi n'est-il pas encore revenu?

— Il est revenu pour réaliser qu'un homme lui avait volé les poutres de sa maison. Tu sais comme moi à quel point le bois est rare et précieux sur cette île. Les arbres qui poussent ici sont tellement chétifs et petits, qu'il faut chercher longtemps avant d'en trouver quelques-uns de tailles raisonnables.

— Oui, mon père a dû importer ses poutres de l'Irlande.

— Tu comprends donc qu'Érik se soit mis en colère contre son voleur. Il est allé reprendre son bien chez lui durant son absence. Quand l'homme a appris cela, il a poursuivi mon père avec ses fils et ses amis. C'est à ce moment-là que Bjorn l'a aidé.

— Comment?

— Il a rassemblé des hommes sûrs pour combattre à ses côtés. Au cours de la bataille, il y a eu des morts. Ensuite, toute cette histoire fut discutée devant l'assemblée des hommes libres. Père n'avait aucune chance, car il avait déjà été puni une fois par eux. Ils avaient un préjugé défavorable.

— Ils l'ont de nouveau condamné à l'exil?

— Oui, pour toujours. Ce qui veut dire que si quelqu'un voit mon père ici sur cette terre, il a la permission de le mettre à mort sans jugement. Pendant qu'il équipait son bateau pour quitter l'île, ton père l'a caché au Port-de-la-Coulée-de-Lave. C'était très dangereux pour lui, si cela s'était su, lui aussi aurait pu se faire tuer.

Gudrid reste bouche bée. Jamais elle n'avait entendu cette histoire, Bjorn ne s'en était jamais vanté. Elle regarde Leif avec des yeux nouveaux, le fils d'un ami peut être considéré comme un frère. Elle le lui fait remarquer. Cela le fait sourire:

— J'ai déjà deux frères et une sœur, si je t'ajoute au nombre, mon père peut dire qu'il a une grosse famille.

— Il est bien chanceux d'avoir autant d'enfants.

Leif réalise qu'il vient de toucher une corde sensible, mais il n'ose s'en informer de peur de la peiner. Il lui tend la main et dit:

— Bienvenue dans la famille, petite sœur.

Elle rit et frappe dans sa main. Marché conclu, ils seront dorénavant unis comme frère et sœur.

— Oh! s'exclame-t-elle tout à coup, mon chou! Il faut que je le fasse cuire.

Il l'aide à transporter l'eau à la maison où ses compagnons de voyage sont déjà arrivés. Ils sont en tout 18 hommes, tous plus âgés que Leif, mais ils lui montrent beaucoup de respect, car il est le fils aîné du premier colonisateur de la Verte-Terre.

Le pilote et propriétaire du bateau, Bjarni, explique à Halldis que c'est à la demande d'Érik le Rouge qu'il font route vers la Norvège. Il désire que son fils vive quelques années auprès du roi Olav de Norvège, ceci dans le but de parfaire son éducation. En entendant cela, Gudrid ne peut s'empêcher de chuchoter à son nouvel ami:

— Ta situation ressemble à la mienne, moi aussi mon père m'a placée en tutelle pour m'instruire. Mais toi, tu dois aller beaucoup plus loin que moi. La Norvège, c'est de l'autre côté de la mer. Le voyage ne te fait pas peur?

— Non, je trouve cela plutôt excitant. J'ai toujours rêvé de voguer sur l'océan.

— Moi aussi, murmure la jeune fille, moi aussi.

Rêveuse, elle retourne à sa tâche. Le repas terminé, tous s'installent près du feu pour écouter les histoires de Bjarni. D'une voix enthousiaste, il raconte les longs voyages qu'il a effectués un peu partout dans le monde. L'un d'entre eux attire plus particulièrement l'attention de Gudrid.

— À cette époque, il y a de cela douze ou treize ans, je courais les mers pendant la plus grande partie de l'année, mais je revenais toujours passer l'hiver à la Terre-de-Glace, auprès de mon père, à la Pointe-des-Fumées. Je n'étais pas encore marié et je ne voyais aucune raison de bâtir ma propre maison. Toujours est-il que, cette année-là, en abordant sur la côte, avant même de décharger ma cargaison, j'apprends que mon père a quitté le pays pour s'établir à la Verte-Terre avec Érik le Rouge.

«Je me dis aussitôt que je dois le rejoindre. Je n'étais jamais allé dans la grande île, mais les gens m'ont dit qu'elle était facile à identifier avec sa côte découpée de nombreux fjords et ses hautes montagnes de neige. C'était bien suffisant pour la reconnaître le moment venu.

«Me voilà donc parti, sur mon solide *knorrar*. Un bon vent arrière me pousse pendant trois jours, mais soudain un brouillard épais tombe sur moi et mes hommes. Impossible de distinguer quoi que ce soit, même les rayons du soleil ne nous atteignent pas. Les vents nous secouent en tous sens. Cinq jours, cinq jours à errer selon les caprices des malins esprits de l'océan. Quand le rideau de nuages se lève, j'ignore complètement où nous sommes. Alors je décide de hisser la voile et d'aller droit devant.

«Après quelques temps, j'aperçois une terre sans fjords, ni montagnes qui s'étend à l'horizon. Ce n'est pas la Verte-Terre, j'en suis certain. Je mets le cap vers le nord et navigue encore pendant deux jours. Je vois une deuxième terre recouverte d'arbres gigantesques. Ce n'est pas encore la Verte-Terre. Sans m'y arrêter, je poursuis ma route vers le nord. Trois jours de plus et une troisième terre est en vue. Mais ce ne sont que de grandes roches plates, sans intérêts pour moi. Je continue mon chemin vers le nord, mais un vent de tempête venu de l'ouest me fait dévier. Après quatre jours de houle furieuse, des montagnes au sommet enneigé se dressent à l'horizon.

«J'arrive enfin à destination: la Verte-Terre. La nouvelle patrie de mon père. J'aborde sous un cap où un bateau est déjà amarré. Quel coup de chance! C'est justement tout près de là qu'il habite. Depuis, je ne voyage pas autant.»

— Êtes-vous déjà retourné explorer les terres que vous avez aperçues? demande Gudrid.

— Non, pour dire vrai, ça ne m'intéresse pas tellement de reprendre cette route vers l'ouest. L'inconnu ne m'attire pas. Je laisse ça à d'autres.

Si Bjarni manque de curiosité, il a pourtant éveillé celles de Leif et de Gudrid qui passent le reste de la soirée à rêver silencieusement à ce monde nouveau.

3

Tout en écoutant Halldis, Gudrid fait le tri de sa cueillette. De son grand panier, elle sort une à une les plantes ramassées depuis ce matin. Sur une table en pierre, dressée en plein air près d'une source, elle place ensemble les petites feuilles pointues de l'herbe à la fièvre, d'un côté les feuilles piquantes de l'herbe aux sorciers et de l'autre l'écorce de sapin. Puis, elle partage en petits tas inégaux les divers champignons.

Depuis quatre ans qu'elle habite le Roc-de-l'Aigle, jour après jour, inlassablement, sa tante l'instruit sur l'art de soigner. Elle lui enseigne comment préparer potions et médicaments aptes à guérir presque tout.

Halldis prend aussi plaisir à renseigner sa nièce sur l'histoire des Vikings, leurs exploits, leur façon de vivre, leurs croyances. Elle lui inculque non seulement des rythmes de vie à suivre dans ce monde nordique, mais aussi tous les mystères que la nature a bien voulu lui dévoiler. N'ayant pas de descendante pour poursuivre son œuvre de prêtresse, elle a décidé d'initier Gudrid.

Halldis récite le chant du guérisseur:

— Tu dois connaître les runes
[des rameaux
Si tu veux être médecin
Et savoir guérir les blessures.
Tu les inscriras sur l'écorce
Et sur le feuillage de l'arbre
Dont les rameaux s'inclinent vers l'est.
Telles sont les runes tracées sur
[le bois du hêtre
Les runes fameuses qui donnent
[la puissance
À celui qui sait les employer,
Non altérées et non corrompues
Pour arriver au bonheur[1].

— Les runes? Qu'est-ce que c'est? demande la jeune fille.

Halldis ne répond pas tout de suite, elle observe Gudrid. Celle-ci a maintenant 16 ans, ses joues rondes d'enfant se sont allongées donnant à son visage une charmante forme ovale. Ses yeux n'ont pas changé, toujours aussi profonds. Oui, ce regard ré-

1. Versets d'un poème tiré de la *Saga des Volksungs*, XVe siècle.

fléchi ne peut pas la tromper. Sa pupille est vraiment digne de ses enseignements.

— Les runes sont des cadeaux des dieux, leurs messages. Regarde.

Elle trace dans le sable quelques traits droits dont certains se croisent.

ᚷᚢᛞᚱᛁᛞ

— Voilà ton nom, ajoute-t-elle. Chaque signe correspond à un son. C'est l'alphabet des dieux.

— Je ne l'avais jamais vu. Pourquoi mon père ne me l'a-t-il pas appris?

— Ça lui est impossible. Il ne le connaît pas et cela pour deux bonnes raisons. Il est chrétien, donc ne croit pas aux dieux vikings et, de plus, seuls de rares élus peuvent l'utiliser.

— Moi aussi, je suis chrétienne. Je n'ai pas le droit de...

— Toi, c'est différent. En quatre ans, je t'ai montré beaucoup de choses, tu es maintenant familière avec la foi viking, mais je ne t'ai jamais empêchée de prier ton dieu unique. Malgré tout ce que ton grand-père t'a dit, l'un n'exclut pas nécessairement l'autre. Son dieu ne fait que s'ajouter aux nôtres.

— Peut-être, soupire Gudrid. Je n'en sais rien. Tout cela me semble bien compliqué.

— Alors, n'y pense plus. Ne te pose pas trop de questions. Écoute ce que je dis, tu n'en seras que plus instruite.

Elle reprend son poème:

— Il connaissait les runes, runes
[éternelles,
Runes donneuses de vie.
Il savait aussi comment sauver les vies
[humaines,
Émousser les lames d'épée, calmer
[les flots,
Pouvait comprendre les cris des
[oiseaux,
Pouvait éteindre les flammes et apaiser
[les chagrins[2].

— L'alphabet peut-il réellement accomplir tout cela?

— Chaque signe est entouré d'un pouvoir mystérieux qui en fait un réceptacle et un symbole de toute science. Chaque lettre commande à une force de l'univers. La connaissance des runes et de ses forces magiques avantage celui ou celle qui la possède en face des autres hommes et lui assure un bonheur futur. Si tu sais expliquer les runes et les lire, tu connais leur pouvoir et tu peux t'en servir. Voilà ce que je veux t'apprendre. Toi, le veux-tu?

Gudrid prend le temps de bien peser le pour et le contre et accepte:

— Tant que cela ne me fera pas renier les croyances de mon père, je le veux.

---

2. Extrait du poème des *Eddas*, Rigsthula, XVe siècle.

Sa tante sourit et l'embrasse:

— Tu ne peux savoir le bonheur que tu me causes. J'avais si peur de mourir sans avoir transmis mes connaissances, car il ne faut pas qu'elles s'éteignent avec moi. Elles sont immortelles, si on en prend soin.

Elle s'interrompt car elle aperçoit, près de la maison, Orm qui discute avec un jeune homme. C'est un marchand qui est arrivé ce matin pendant que Gudrid était occupée à amasser herbes et champignons. Laissant de côté, ses explications, elle entraîne sa nièce au logis.

En s'approchant, Gudrid remarque à quel point leur invité est bien mis. Ses vêtements de soie bleue et de velours rouge sont ornés de grosses broches d'argent. Il porte de lourds bracelets et un collier en perles de verre rouges et blanches. Toute son attitude respire la richesse. Malgré son jeune âge, il semble que ce soit un personnage important.

Son oncle fait les présentations:

— Voici Einar, fils de Geir. Chaque année, il part de Norvège pour vendre ses marchandises aux Pentes-de-Chaudefontaine. Tu l'as peut-être déjà rencontré?

— Ton nom ne m'est pas étranger, dit-elle en se tournant vers le jeune homme, et ton visage me rappelle vaguement quelque chose.

— Je me souviens très bien de toi, répond-il souriant. Tu es la petite-fille de Vifill.

J'ignorais que tu n'habitais plus avec ton père.

Reprenant sa conversation avec Orm, il poursuit:

— Je vais retirer de mon bateau différents articles qui peuvent vous intéresser, vous et vos voisins. Je te remercie de bien vouloir mettre un hangar à ma disposition pour me servir de magasin.

— Permets-moi de te donner un coup de main, propose Orm en le raccompagnant au *knorrar*.

Pensive, Gudrid les regarde s'éloigner. Elle trouve leur hôte à la fois attirant et repoussant. Il est séduisant, possède de belles manières, mais il exhibe un peu trop son goût du luxe. Elle hausse ses épaules et retourne à son travail.

Elle doit faire sécher sa cueillette de ce matin en enfilant les feuilles et les plantes sur des fils qu'elle suspend à des branches de bouleau. Cette tâche accomplie, elle s'installe à son métier à tisser appuyé à l'extérieur de la maison. D'un geste lent et sûr, elle glisse la navette de gauche à droite, tasse le fil de laine avec une réglette de bois et recommence en sens inverse.

Ses mains se concentrent sur son ouvrage, mais sa tête est perdue dans une rêverie lointaine. Elle ne réalise pas que quelqu'un l'observe. Debout, à l'entrée du hangar, Einar lui jette des regards à la dérobée, tout en discutant avec Orm.

— En remerciement de ton généreux accueil, prends ce qu'il te plaît parmi mes marchandises, lui offre-t-il. Vase en pierre douce, broche de bronze ou tissus de ton choix, ce que tu désires est à toi.

— Tu es bien aimable. Je dirai à ma femme de venir regarder tes articles. Elle sera bien contente.

— Dis-le aussi à ta nièce, qu'elle ne se gêne pas pour prendre ce qu'elle voudra.

— Einar, tu es un jeune homme favorisé par le sort, heureux en affaires, chanceux sur les mers. Je souhaite que les dieux t'aient longtemps sous leur protection.

— Il est vrai que la chance m'accompagne, mais je sais qu'il n'en est pas de même pour tout le monde. Je pense entre autres à Bjorn, le père de Gudrid.

— Que veux-tu dire?

— Tu m'étonnes. Je croyais qu'étant son ami, tu étais au courant. Ses affaires ne vont pas très bien. C'est un homme respecté, il possède une belle demeure, mais il paraît que sa fortune est en baisse.

Orm est surpris. Bjorn ne lui a rien dit de tout cela. D'ailleurs, il est beaucoup trop orgueilleux pour parler de ses problèmes. Il est possible que le jeune marchand ait raison, il n'y a pas eu de grandes fêtes chez Bjorn, cette année.

— Même si c'était vrai, je ne vois pas en quoi cela te concerne.

Einar feint de ne pas avoir entendu et change de sujet.

— Ta protégée, Gudrid, des hommes sont-ils déjà venus la demander en mariage? Elle est un bon parti, jolie, aimable, travailleuse.

— Ne te fais pas trop d'illusion. La fille sera difficile pour le choix d'un mari, et son père aussi.

— Peut-être, mais c'est la femme que j'ai l'intention de demander en mariage. Je voudrais que tu en parles à Bjorn, que tu fasses tout pour mener à bien cette affaire. S'il te plaît, fais-lui bien comprendre que cette alliance nous serait utile à tous les deux. Ses biens diminuent, tandis que les terres et l'argent ne manquent pas à mon père et à moi. Si cette union se réalisait, Bjorn en tirerait un grand avantage.

— Je ne crois pas que cette demande soit une bonne chose. Bjorn est un homme très fier et il risque de s'en offusquer.

Einar s'approche de lui, pose sa main sur son épaule et parle à voix basse:

— Peut-être accepteras-tu de m'aider dans cette démarche, si je m'ouvre à toi? Lorsque j'ai vu Gudrid tout à l'heure, j'ai eu l'impression d'être sur un navire qui chavire. Je me suis revu, plus jeune, adolescent, lui vendant une broche d'argent en forme de trèfle.

Ce n'est pas par politesse que je lui ai dit me souvenir d'elle. Oh, non! Son visage, ses yeux, sa voix sont demeurés fidèlement gravés dans mon esprit. Il m'est même arrivé de rêver à elle. Je te le redemande: s'il te plaît, présente ma requête à Bjorn.

Orm hésite, soupire enfin:

— Bien, j'essaierai, mais ne te fais pas trop d'illusion sur tes chances de réussite.

Einar est tellement heureux qu'il ne peut pas croire à un échec. Il termine joyeusement l'étalage de ses marchandises. Orm le laisse à son travail et retourne à ses propres tâches.

Le jeune homme fixe de nouveau Gudrid pendant quelques instants, puis il s'approche d'elle. Il faut qu'il lui parle, qu'il se vante de ses intentions.

— Bonjour à toi, belle tisserande, lui dit-il d'un ton un peu fanfaron.

Elle sursaute et le regarde de la tête aux pieds avant de répondre poliment:

— Bonjour, y a-t-il quelque chose que je puisse faire pour toi?

Cette remarque le fait rire.

— Pour l'instant, il me suffit de te voir, mais bientôt, tu pourras beaucoup pour moi.

— Explique-toi, je ne comprends pas tes paroles.

Arborant un large sourire de vainqueur, il annonce que dans peu de temps son père la lui donnera en mariage. Elle blêmit et lui demande depuis quand cette affaire est décidée.

— Elle ne l'est pas encore, mais ça ne saurait tarder. Dès que ton oncle en aura parlé avec Bjorn, je t'épouserai.

Debout, les jambes écartées, les poings sur la taille, il l'observe avec un air de propriétaire. Elle éclate de rire.

— Qu'est-ce qui t'amuse tant?

— Toi! Tu connais mal mon père si tu t'imagines m'obtenir ainsi. Vole, vole joli cygne blanc, jamais l'ours maladroit ne t'attrapera!

— Moi, un ours maladroit, s'écrie-t-il furieux. Si tu crois que je vais te laisser m'insulter...

Trop tard! Elle s'esquive dans la maison en riant de plus belle. Einar ne l'inquiète pas, il n'osera jamais rien contre elle, ici, sur le domaine de son oncle. Pour ce qui est du mariage... ce n'est encore qu'un projet. Elle a pourtant bien l'intention de se tenir prudemment loin du jeune marchand, durant son séjour chez son oncle.

4

Gudrid, Halldis et Orm sont partis tôt ce matin. À bord de la barque de pêche de son oncle, ils ont mis presque toute la journée pour traverser le golfe qui les sépare du lieu de rendez-vous, la Plaine-de-l'Assemblée. Dès qu'ils touchent terre, Bjorn les accueille chaleureusement. Il est étonné et heureux de la transformation de sa fille. Elle a tant grandi qu'il hésite un peu à la serrer contre lui. C'est elle qui lui saute au cou comme autrefois.

Elle l'étourdit de paroles. «Là-dessus, elle n'a pas changé», songe-t-il. En l'écoutant, il retrouve son petit rayon de soleil, tel qu'il l'a quitté. Elle embrasse aussi son grand-père qui est accompagné de Hugues. Durant son absence, le vieil homme a maigri, son dos s'est voûté, ses cheveux ont blanchi et des rides profondes sillonnent maintenant son visage. Il s'appuie constamment sur son affranchi. Gudrid est consternée par ce changement, mais n'en laisse rien paraître.

Tous ensemble, dans le chariot de Bjorn, tiré par deux chevaux, ils contournent la Montagne-de-la-Loi pour se rendre à l'Assemblée des hommes libres du pays. Le chaud soleil d'été les accompagne. Gudrid sait à quel point cette réunion est importante. Ce n'est pas la première fois qu'elle y vient.

Partout dans la plaine, des campements sont montés en vitesse, car l'événement durera environ deux semaines. Son père est déjà installé tout près de la montagne. Orm et Halldis sont évidemment ses invités. Les débats commenceront dès le lever du soleil, demain matin, mais ce soir, des petits groupes se rassemblent autour des feux de camp et refont connaissance.

Ils sont nombreux, réunis autour de Bjorn. Les discussions sont animées et enjouées. Gudrid a beaucoup de choses à raconter à ses anciens amis, jeunes filles et jeunes hommes qu'elle n'a pas vus depuis quatre ans. Elle est tellement occupée qu'elle ne remarque pas tout de suite le désaccord qui s'établit entre son père et son oncle.

Au fur et à mesure que le ton monte entre les deux hommes, un silence étonné s'établit autour d'eux. Se pourrait-il que ces deux amis, presque frères, se disputent? Quel peut être le sujet de leur différend?

Gudrid s'approche et réalise qu'elle en est la cause. Le doigt pointé sur Orm, Bjorn lui crie:

— Comment as-tu pu croire que j'accepterais un seul instant, que ma fille épouse le fils d'un esclave?

— Je ne l'ai jamais cru, mais je...

— Tu as pourtant osé me présenter sa demande. Je pensais que tu me connaissais mieux que cela.

— Je lui avais promis, proteste Orm. Je n'ai pas l'habitude de renier ma parole.

— Non, tu as peut-être celle de manquer de jugement!

— Bjorn! Ne me provoque pas.

— Non! C'est toi qui m'insultes devant tous.

Gudrid se rend bien compte qu'ils vont se battre. Elle décide aussitôt d'intervenir. En se plaçant entre les deux, elle est certaine qu'ils ne pourront pas se frapper, ils auraient bien trop peur de l'atteindre et de lui faire mal.

— Gudrid, ôte-toi de là, lui ordonne son père.

— Gudrid, cette affaire ne te concerne pas, lui lance son oncle.

— Je n'ai pas l'intention de vous laisser faire, car cette histoire est aussi la mienne. Il s'agit de la demande en mariage d'Einar, n'est-ce pas?

Bjorn grogne une réponse qui signifie oui et Orm hoche la tête d'un air gêné.

— Alors, cette dispute est inutile. Je n'ai pas du tout envie d'épouser ce jeune homme et cela n'a rien à voir avec son origine. C'est lui qui me déplaît. Je trouve son attitude arrogante. Vous n'allez tout de même pas vous battre pour un prétendant qui ne m'intéresse pas. Père, il ne faut pas en vouloir à Orm de t'avoir transmis ce message. Il aurait été malhonnête de sa part de ne pas le faire. Et toi, mon cher oncle, tu devais sûrement t'attendre à une telle réaction de mon père, tu le connais depuis tellement longtemps. S'il vous plaît, faites la paix.

Elle leur fait son plus beau sourire, pour les encourager à se réconcilier. Bjorn soupire, se gratte la tête et tend, enfin, la main à son compagnon qui la serre de bon cœur. Les témoins de ce geste rient et crient leur encouragement. On boit à l'événement.

Quand le groupe se disperse pour la nuit, la jeune fille s'approche de son père. Debout, devant le feu qui se meurt, il passe son bras sur son épaule et la tient contre lui.

— Petite femme de ma vie, sais-tu tout le plaisir que j'éprouve à te retrouver?

— Il n'est certes pas aussi grand que le mien.

— Veux-tu parier? Il l'est davantage.

Elle ne répond pas, hésite un peu, puis demande:

— Pourquoi la demande du marchand, t'a-t-elle mis en colère? Tu n'avais qu'à dire simplement non. Je ne comprends pas ce qu'il y a de si terrible à épouser le fils d'un ancien esclave. Grand-père, lui-même est un affranchi.

— Ne compare pas Vifill avec Geir, le marchand. Mon père est un noble. Il était parent avec le roi de son pays d'origine. Tandis que ce vendeur de babioles est né esclave, fils d'esclave. Il n'est pas de notre monde.

Le ton de Bjorn n'est pas très convaincant. Il dit ces paroles avec la bouche, pas avec son cœur. Gudrid le sent bien.

— Vraiment? C'est la seule raison?

Malgré l'obscurité, il a l'impression que les yeux de sa fille fouillent sa pensée. Mal à l'aise, il se défend gauchement, bafouille un peu. Elle ne dit rien, mais le fixe toujours. Il éclate alors:

— Réalises-tu qu'il croyait que je manque d'argent et que je te vendrais à lui en quelque sorte pour renflouer ma situation financière! C'est ridicule, tu es beaucoup plus importante que cela pour moi.

— Je suis flattée de la place que je tiens dans ton cœur, mais... as-tu vraiment des problèmes d'argent?

— Mais non, voyons, bougonne-t-il. De toute façon, cela ne te concerne en rien.

Il brasse les cendres pour éteindre les dernières flammèches et va se coucher en maugréant. Gudrid s'étend sous une peau d'ours, mais ne dort pas. Son père a trop d'orgueil pour avouer que l'argent fait défaut, elle le sait. Comment l'aider?

5

La réunion est houleuse. Deux clans se sont formés et s'opposent maintenant. D'un côté, Bjorn et tous ceux qui désirent l'implantation du christianisme dans le pays, de l'autre, Halldis, Orm et les adeptes des croyances des Vikings.

Gudrid n'a jamais rien vu de tel. Tout a commencé, il y a quelques jours quand Gizur le Blanc et son gendre Hyalti se sont présentés devant l'Assemblée. Ils arrivaient directement de la cour du roi Olav, en Norvège. Ils ont raconté que ce monarque s'est converti au christianisme, il y a de cela plusieurs années et s'est mis dans la tête de changer la foi de tous les Vikings. Par la force, s'il le faut.

Déjà, tous les habitants de son pays ont été obligés de renier les anciens dieux. Il a décidé de faire de même ici. Pour y parvenir, il a emprisonné de nombreux Vikings de la Terre-de-Glace et menace de les exécuter si les gens de l'île ne se soumettent pas. Gizur et Hyalti ont été libérés et envoyés comme messagers par Olav.

Cela a créé une véritable émeute parmi le peuple. Certains crient qu'on ne doit pas céder à un tel chantage, tandis que d'autres menacent de prendre les armes si on refuse la foi chrétienne. Gudrid ne sait vraiment plus quoi penser. Elle n'aurait jamais cru que l'on puisse se battre pour les dieux. Ne sont-ils pas là, au contraire, pour les aider à mieux vivre?

Inutile d'essayer d'en discuter avec ses parents, ils sont divisés sur le sujet. Il faut pourtant qu'elle s'en ouvre à quelqu'un. Thorgeir, le diseur de la loi, lui, pourra la conseiller. Il est l'homme le plus sage de cette réunion. Chaque année, il doit réciter par cœur le tiers de la loi viking devant l'Assemblée. Ainsi, au bout d'un cycle de trois ans, elle est dite complètement.

Elle le cherche un peu partout et finit par le trouver, au sommet de la Montagne-de-la-Loi, observant d'en haut ses semblables qui s'entre-déchirent déjà. Il regarde avec surprise la jeune fille s'approcher de lui, puis il lui sourit et dit:

— Sois le bienvenu, joli cygne blanc, signe de paix et de bonheur.

— Pourquoi m'appelles-tu ainsi? Je suis Gudrid, la fille de Bjorn des Champ-de-la-Caverne.

— Ton père est chrétien? Alors, tu ne connais pas ton *fylgja*. C'est l'esprit d'un animal qui t'accompagne partout, où que tu sois. Il veille sur toi, te guide et te suggère chacun de tes gestes. Tout être humain possède un tel gardien. Je peux voir le tien voler au-dessus de ta tête.

Instinctivement, elle lève les yeux, mais ne voit rien. Se moque-t-il d'elle? Non, il a l'air sérieux. C'est peut-être un illuminé, dans ce cas, il sera de peu d'utilité.

— Tu es bien songeuse, reprend-il. Et tu as bien raison de l'être. Je crains fort que des jours de tempête ne se préparent à l'horizon.

— Je le crois aussi et c'est pour cela que je voulais vous parler. Je ne veux pas voir ma famille séparée par une religion, je ne veux pas qu'ils se battent et souffrent pour une... idée.

— Une idée, dis-tu? Tu n'as pas tout à fait tort, il s'agit simplement d'une opinion, d'un point de vue.

Il se tait et ferme les yeux pour réfléchir. Elle n'ose le déranger et songe qu'elle devrait peut-être partir et le laisser seul. Elle recule d'un pas.

— Ne pars pas, dit-il aussitôt. Ta présence m'est bénéfique. Tu m'apportes une tranquillité d'esprit nécessaire à ma méditation. Apprends-moi quelle est ta vision des événements.

Prise au dépourvu, elle hésite d'abord, puis lentement elle lui parle de sa tante et de ses enseignements, des croyances de son grand-père, de son ami Leif qui est peut-être prisonnier du roi Olav. Elle conclut ainsi:

— Hugues, l'affranchi de mon grand-père, m'a déjà dit que la foi doit nous grandir. Si les Vikings laissent périr les otages, ils se rabaissent. Si, au contraire, ils les sauvent, mais en créant une guerre interne dans le pays, ils ne s'élèvent pas non plus. Il nous faut trouver une solution dont nous serons tous fiers et qui nous ennoblira.

— Fascinant! Seul un cœur pur pouvait m'aider à démêler ce nœud. N'aie plus peur, mon enfant. Descends dans la plaine. Préviens les tous de se rassembler, je vais leur parler. Ce soir, la paix sera rétablie.

Elle est étonnée mais, devant tant d'assurance, elle exécute son ordre. Peu de temps après, les opposants sont réunis, impatients de connaître la suggestion de Thorgeir. Il s'avance entre eux et leur impose le silence. Puis il déclame:

— Durant ma réflexion, j'ai été inspiré par une messagère. De quel dieu était-elle l'envoyée? Je ne saurais le dire. Mais la solution proposée me semble convenir à tous. La voici. Comme nous l'avons souvent fait, il y aura un vote populaire. Aux résultats, tous devront se soumettre à la décision collective. Êtes-vous d'accord?

Un murmure d'assentiment parcourt l'assistance. Bjorn demande:

— Sur quoi, voterons-nous exactement? Quelle est ta proposition?

— Celle-ci: Je propose le baptême pour tous, mais ceux qui désirent encore offrir des sacrifices aux dieux ou manger de la viande de cheval, pourront le faire, mais à condition de ne pas être vus. Ainsi, nous sauvons les otages détenus par Olav tout en gardant notre dignité de Vikings.

Un silence suit cette suggestion, puis une rumeur se fait entendre, douce au début puis de plus en plus forte. Chacun y allant de son commentaire, plus personne ne s'écoute parler. Gizur le Blanc frappe son bouclier de son épée pour mettre fin au tapage. Il crie:

— Cette idée me semble honnête, y a-t-il quelqu'un qui refuse le vote?

Personne ne s'objecte. Thorgeir procède donc au vote à main levée. La majorité est écrasante, seuls quelques rares dissidents hésitent avant de se rallier à l'ensemble du peuple. Gudrid se bouche les oreilles, les cris de joie sont trop violents pour elle. Ce soir, il y aura une grande fête et demain Gizur et Hyalti reprendront la mer pour apporter la bonne nouvelle à leurs compagnons captifs en Norvège.

6

Après l'Assemblée, Bjorn a invité chez lui, Halldis et Orm pour quelques jours à la fin de l'été. Accompagnés de leur nièce, ils s'y rendent par un matin ensoleillé. Gudrid s'impatiente, elle trouve que leurs montures n'avancent pas assez rapidement. Elle a tellement hâte de revoir sa demeure, les champs d'orge, la caverne au bord de la mer...

Après le village, elle pique un galop jusqu'au domaine, laissant derrière elle son oncle et sa tante. Elle s'arrête dès qu'elle aperçoit la maison. Quelque chose a changé! Elle observe, interdite, le triste spectacle qui s'offre à ses yeux. Tout semble négligé. Les champs n'ont pas été ensemencés. L'étable, les abris, les remises sont à moitié démolis. Tous les bâtiments auraient besoin de réparations.

Pourquoi Père ne s'occupe-t-il pas de son domaine? A-t-il été malade? Gudrid ne comprends pas. Lui qui aime tant cette terre, il ne peut tout de même pas l'abandonner. Orm et Halldis la rejoignent. Ils sont stupéfaits de ce qu'ils voient.

Ils entendent des bruits provenant du côté de la plage et s'y dirigent. Ils découvrent Bjorn, Vifill et plusieurs hommes s'affairant autour d'une structure en bois.

— Un bateau! s'écrie Orm. Bjorn, tu construis un bateau?

Sans répondre, Bjorn s'approche de sa fille et l'aide à descendre de cheval pour l'embrasser. Elle se dégage rapidement de son étreinte pour lui demander:

— Père, que se passe-t-il ici? Pourquoi ne travailles-tu plus à la ferme? Tout y est à l'abandon.

— Je sais, répond-il mal à l'aise, c'est une surprise.

— C'en est toute une! reprend Orm. Où as-tu l'intention d'aller avec ce bateau? Veux-tu devenir marchand ou pars-tu en guerre?

— Ni l'un, ni l'autre. Je vais vous expliquer, commence-t-il. Venez par ici.

Il les entraîne loin de la construction, vers la caverne du domaine et s'assoit sur une des grosses pierres qui en bordent l'entrée. Il prend une grande respiration, soupire, se tord les mains. Il semble vraiment embarrassé.

— Gudrid, il faut que tu comprennes que la situation n'a pas été très facile ici, ces dernières années. Il y a eu deux mauvaises récoltes dues au grand froid et au manque de pluie. Les bêtes aussi en ont souffert. J'en ai perdu un certain nombre. Tu vois, les affaires n'étaient pas bonnes.

— Einar avait donc raison. Tu manques d'argent, dit sa fille.

Bjorn a un mouvement de colère.

— Ne mêle pas ce garçon fanfaron à nos histoires. Je ne manque pas d'argent, enfin pas tant que cela. Je suis seulement un peu à court de liquidités.

Il se tait et reprend son calme avant de continuer.

— Je voulais vous annoncer que j'ai pris une grande décision. Je vais aller m'installer ailleurs, dans un autre pays où j'espère prospérer. Un pays neuf, où l'un de mes vieux amis, Érik le Rouge, est maintenant installé.

— La Verte-Terre! s'écrie Gudrid. Nous allons vivre à la Verte-Terre, c'est fantastique.

Elle lui saute au cou et l'embrasse. Son enthousiasme fait plaisir à son père. Il avait craint qu'elle ne veuille pas le suivre dans ce voyage. Orm et Halldis sont atterrés. Celle qu'ils considèrent comme leur fille, va les quitter pour une terre lointaine. Bjorn comprend leur chagrin, aussi a-t-il pensé à eux.

— Orm, tu es bien meilleur navigateur que moi. Veux-tu nous accompagner? Ton expérience de la mer et tes conseils me seront utiles. J'ai confiance en toi, comme en moi-même.

— Je dois y réfléchir. C'est un changement qui affectera toute notre vie, à Halldis et à moi.

— Je comprends. Penses-y, mais je t'avertis que je partirai bientôt. Je veux faire le voyage cette année, avant les grands froids. Ça ne me laisse pas tellement de temps, mais j'ai plusieurs hommes qui travaillent sur le bateau. Venez, je vais vous montrer où en est le travail.

Gudrid constate que l'ouvrage est déjà bien avancé. Au bout d'une quille en bois de chêne, la proue et la poupe ont été fixées. De longues planches de pin sont clouées sur cette base en se chevauchant les unes sur les autres. Entre chacune d'entre elles, un homme glisse un bourrage de poils trempés dans le goudron.

— Ça sent mauvais! s'écrie Gudrid dégoûtée.

— Peut-être, lui répond Orm, mais c'est nécessaire si tu ne veux pas que l'eau entre dans le navire. Quand le tout aura séché, l'odeur disparaîtra. Regarde, ils installent la première base du mât.

Deux hommes transportent un lourd bloc de bois creusé en son milieu qu'ils fixent au centre de la quille à l'aide de pattes en bois et de rivets en fer. Durant ce temps, des charpentiers clouent des solives qui serviront à soutenir le plancher du navire.

— Pourquoi dis-tu première base du mât? demande la jeune fille.

— Parce qu'il y en aura une deuxième, un peu plus haut sur le plancher. Le mât passera au travers avant de se placer dans celle du bas. C'est beaucoup plus solide ainsi. Tu sais, le tronc de sapin utilisé pour construire le mât est souvent aussi haut que quatre maisons. Il faut être certain qu'il ne s'écroule pas sur l'équipage pendant le voyage.

Orm se tait et admire l'embarcation. C'est un homme de la mer et l'aventure le tente. Il regarde sa femme qui lui sourit. Veut-elle entreprendre la traversée? Halldis sait que la décision lui revient. Elle songe à sa demeure qu'il faudra abandonner, à Gudrid qu'elle ne veut pas perdre, à l'attrait de l'inconnu. Le choix lui semble facile. Oui, elle suivra son homme, sa petite fille et son ami.

— Si nous voulons être prêts pour le départ, dit-elle d'un faux air détaché, nous n'avons pas de temps à perdre. Il nous faut rassembler nos affaires et le bétail...

Gudrid ne lui laisse pas le temps de terminer sa phrase et l'embrasse. Elle est si contente de ne pas être séparée de ceux qu'elle aime.

III
La Verte-Terre

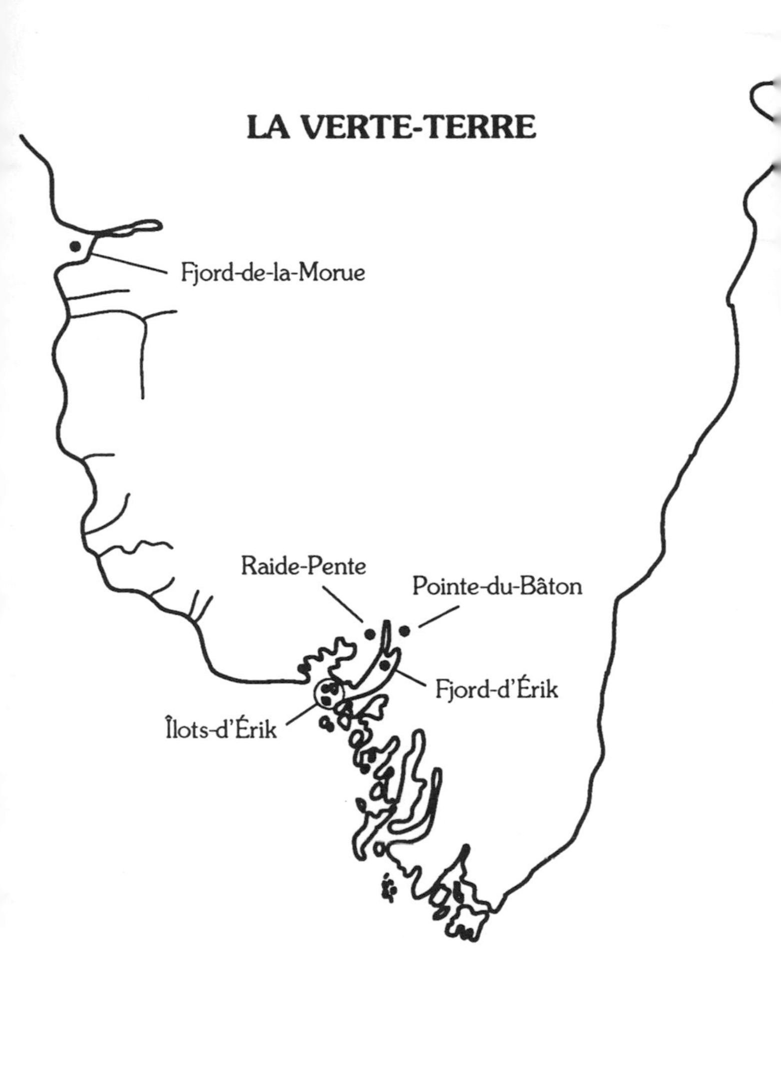
LA VERTE-TERRE
Fjord-de-la-Morue
Raide-Pente
Pointe-du-Bâton
Fjord-d'Érik
Îlots-d'Érik

1

À bord du bateau, Bjorn, Gudrid, Orm et Halldis sont accompagnés d'une vingtaine d'hommes, la plupart des esclaves à qui l'on a promis la liberté à leur arrivée à la Verte-Terre. Vifill n'est pas avec eux. Il s'est dit trop vieux pour un tel voyage. Avec Hugues, il préfère aller vivre avec son autre fils, Thorgeir qui possède le domaine du Val-de-Vifill.

Les deux premiers jours du voyage ont été agréables. Un fort vent arrière les a poussés dans la bonne direction. Malheureusement, le temps tourne à l'orage. Une pluie glaciale tombe sur les voyageurs qui s'abritent tant bien que mal sous des couvertures. Pour combattre le froid, Gudrid se serre contre une brebis qui fait partie de l'ensemble des biens emportés par ses parents sur le navire.

Orm et Bjorn ont vendu leurs terres, mais ont conservé les poutres en bois de leurs demeures et leur bétail. Un taureau, cinq vaches, une dizaine de moutons et de brebis occupent le centre du plancher du bateau. Tous les vêtements, outils et ustensiles nécessaires à leur vie future sont entassés dans des coffres en bois qui servent aussi de bancs pour les rameurs.

Car il faut ramer, le vent est contraire et la voile est abaissée. Il pleut de plus en plus fort et la mer se gonfle. Les vagues s'abattent sur le bateau et risquent de le submerger. Orm et Bjorn unissent leurs efforts pour maintenir le gouvernail. Gudrid se sent ballottée. Pour la première fois de sa vie, elle a peur. Peur de l'océan sur lequel elle n'a aucun contrôle. Peur d'être avalée par l'eau. Elle sait nager, mais à quoi cela lui servirait-il?

Halldis vient se presser contre elle. Gudrid l'entend marmonner tout bas et la voit tracer des signes sur le sol du navire. Elle reconnaît ces runes ainsi qu'un des poèmes incantatoires, appris auprès d'elle. Ont-ils le pouvoir de les sauver? La jeune fille imite sa tante. Pendant des heures qui lui semblent des jours, le bateau est secoué d'un côté et de l'autre au rythme agressif des flots. Pendant des heures, elle récite sa formule. Elle a faim, elle a froid, elle a mal au cœur, mais elle ne peut rien faire d'autre qu'espérer.

Au milieu de soubresauts, elle perçoit enfin un changement dans la violence de la tempête. Lentement, le calme revient. Bjorn crie des ordres à ses hommes:

— Hissez la voile. Écopez le navire. Toi, compte les hommes. Vous deux, vérifiez le matériel.

Ses instructions sont rapidement exécutées. La voile claque de nouveau au vent et l'eau est évacuée. Il manque un homme, il est tombé par dessus bord et a dû se noyer.

— Il est arrivé au terme de son dernier voyage, dit Halldis, le Port-des-Navires-Perdus sous le toit des vagues.

Bjorn hoche la tête sans rien dire, la mer est le dernier repos du marin quel que soit le nom que l'on donne à cet endroit.

Les conséquences de la tempête sont moins graves pour le matériel: quelques rames brisées et une vache qui s'est cassé une patte, il faudra la tuer. Les tonneaux d'eau fraîche sont intacts et la nourriture n'a été que peu endommagée, il suffira de la faire sécher. Gudrid distribue aux hommes leur ration de fromage, de pain dur et de poisson salé.

À l'aide d'une petite pierre, Orm tente de retrouver leur position. Cette roche, qu'il appelle sa pierre-de-soleil, en reflète les moindres rayons et les réfléchit vers l'endroit d'où ils proviennent. Cette opération le laisse perplexe. La distance parcourue est beaucoup trop grande, s'il se fie à l'instrument. Ils ont dévié de leur route.

Il faut aller à l'ouest, telle est sa conclusion. Bjorn suit ses conseils, mais le vent est contraire, il lui faut louvoyer. Après quelques jours de va-et-vient sur la mer, Orm constate qu'ils sont perdus, ils tournent en rond. Il ne sait quel chemin indiquer à son ami. De plus, il se sent faible et des frissons incontrôlables secouent son corps.

— Orm, repose-toi, lui demande Bjorn. Tu es fiévreux.

— Non, il faut que je reste alerte, pour guetter le moindre signe pouvant nous guider. Regarde plutôt les hommes, plusieurs d'entre eux sont malades. Leurs corps se vident par les deux bouts. Ils vomissent tant que certains ne peuvent plus se tenir debout. Ma pauvre Halldis a bien essayé de les soigner, mais elle n'a réussi qu'à attraper leur malaise. Il faut trouver la Verte-Terre, c'est primordial. Sur le bateau, il n'y a pas d'herbes qui guérissent.

Bjorn sait qu'il a raison. Il se sent responsable de tous ceux qui l'ont suivi. Il aimerait les secourir, mais comment? Tout le jour, il tient le gouvernail, malgré la fatigue. Il ne dort que quelques heures la nuit, blotti juste à côté de la barre.

Malheureusement, au fil des jours les forces de ses marins diminuent. Les premières victimes à succomber à cette maladie ont été jetées à la mer. Orm et Halldis sont maintenant incapables de se lever et restent allongés dans un sommeil hanté de rêves fous.

Gudrid veille sur tous les malades. Elle essuie la sueur qui coule de leur front, leur apporte de l'eau fraîche à boire et les couvre de peaux de bêtes. Que peut-elle faire d'autre? Sans les herbes nécessaires, elle ne peut fabriquer aucun médicament. Chaque fois qu'un mort est lancé par-dessus bord, elle pleure en cachette.

— Gudrid, l'appelle son père, approche. Il faut que je te parle.

Il passe son bras sur ses épaules et la presse contre lui.

— Mon enfant, poursuit-il d'une voix douce, je me demande vers quelle horreur je te conduis. Je me sens terriblement coupable. Tu vivais dans la douceur, le confort et la sécurité, et moi, stupidement, j'ai détruit tout cela pour un monde de rêve inexistant.

— Non père, ne dis pas cela, proteste-t-elle. Ton rêve est aussi le mien. Tu n'as pas à te sentir malheureux pour moi. J'ai voulu entreprendre ce voyage et je savais très bien avant de partir les dangers qui pouvaient nous guetter.

— C'est tout de même à cause de moi. Sans mon idée folle, tu ne serais pas ici, perdue en pleine mer...

— Maître, maître, regarde à tribord, un oiseau, crie un esclave debout en avant du bateau.

Bjorn fixe le ciel et voit une petite tache sombre voler entre deux nuages. Il dirige le navire droit dessus. Les hommes qui le peuvent rament avec ferveur. Oui, il y a une terre à l'horizon. Sauvés, ils sont sauvés.

Gudrid examine avec attention, la montagne de glace qui se dessine au loin. Aucun doute, cela correspond bien à la description qu'on lui a faite de la Verte-Terre. Elle court annoncer la bonne nouvelle à son oncle et à sa tante.

— Orm! Halldis! Nous sommes arrivés. Réveillez-vous, nous avons réussi.

Elle les secoue doucement, mais ils ne bougent pas. Elle prend leurs mains. Elles sont froides et inertes.

— Orm! Halldis! dit-elle d'une voix plaintive, réveillez-vous, je vous en prie.

Ils n'ont aucune réaction. Le cœur de Gudrid se glace.

— Non, non, vous ne pouvez pas mourir, pas si près du but. Vous n'avez pas le droit.

Toute lamentation est inutile. Bjorn devra donner leur corps à la mer cruelle avant d'aborder la Verte-Terre.

2

Il y a quelques jours, lorsque Bjorn et Gudrid ont mis pied à terre à la Raide-Pente, seulement neuf de leurs hommes étaient encore vivants. Faibles, malades, mais vivants. Une tisane préparée par la jeune fille leur redonne lentement santé et force. Heureusement, l'accueil d'Érik le Rouge est à la hauteur de leurs besoins.

Il leur a donné une terre à la Pointe-du-Bâton, de l'autre côté du Fjord-d'Érik, en face de son domaine. Bjorn, sa fille et ses marins y habitent dans un ancien entrepôt à grain. Mais ce n'est que temporaire, puisque Érik et deux de ses fils, Stein et Vald, les aident à se bâtir une véritable demeure.

Le soir de leur arrivée, Érik a organisé une grande fête. Tous les habitants des alentours furent invités. Il a fallu leur conter la terrible traversée et tous les événements importants qui se sont produits à la Terre-de-Glace depuis les dernières années. La nouvelle concernant la prise d'otages effectuée par Olav de Norvège a inquiété Thjodild, la femme d'Érik. Son fils aîné, Leif, qui vit à la cour de ce monarque, ne lui a pas donné signe de vie depuis environ quatre ans.

Les gens de la Verte-Terre, tous des anciens amis ou connaissances de Bjorn, lui ont promis de l'aider à s'installer. Et ils tiennent parole. Certains apportent de la nourriture, d'autres, des vêtements chauds et des couvertures. Chacun à leur tour, ils lui donnent un coup de main pour la construction de la maison.

Cela console un peu Gudrid qui a beaucoup de chagrin de la mort de son oncle et de sa tante. Mais elle a tant à faire qu'elle n'a guère le temps d'y songer.

Ce matin, en allant chercher de l'eau, elle remarque, de l'autre côté du cours d'eau, un navire à demi-monté sur le rivage. Il n'était pas là, hier. Il a probablement dû arriver après le coucher du soleil. En l'examinant attentivement, elle voit qu'il s'agit d'un *knorrar*, un gros bateau servant au transport de marchandises. Plusieurs hommes déchargent en ce moment sa cargaison de bois et d'autres articles qu'elle ne peut reconnaître de loin. Un homme, sur le pont, l'observe depuis quelques instants.

Avant qu'elle n'ait terminé de remplir ses deux seaux, il lui fait un signe de la main et saute dans une barque pour la rejoindre. En se rapprochant, elle distingue mieux ses traits. Où l'a-t-elle déjà rencontré? Il bondit hors de son embarcation avant qu'elle ne trouve une réponse à cette question.

Arborant un large sourire, il l'embrasse sans façon sur les deux joues et s'écrie:

— Alors, petite sœur, c'est ainsi que l'on accueille son frère d'adoption? Tu étais plus amicale au Roc-de-l'Aigle.

— Leif! C'est bien toi?

Il éclate de rire devant sa surprise. Oui, c'est lui. Un peu plus vieux, il est maintenant un homme. Gudrid le dévisage. Il a grandi et une magnifique moustache rousse orne sa lèvre, mais il a toujours ses yeux vifs et son allure de chef.

— Le roi Olav t'a libéré? s'informe-t-elle.

— Non, je n'ai jamais été son otage. En réalité, j'ai quitté la Norvège avant qu'il ait cette idée bizarre. Je n'ai appris la chose qu'en arrivant hier soir. Mon père m'a raconté votre pénible aventure et tout ce qui l'a précédé. Je suis vraiment désolé pour tes parents adoptifs, ils avaient été si accueillants et aimables envers moi. C'est triste, mais il nous faut apprendre que la mer est autant notre amie que notre ennemie. Cela dépend de son humeur.

— Je ne sais pas, j'ai bien peur qu'elle ne soit toujours aussi terrible.

— Ne dis pas cela. Quand le vent est bon, aucun voyage n'est impossible. Écoute plutôt ce qui m'est arrivé. J'ai quitté la Norvège au printemps, dès que la mer a été navigable, et j'ai longé la Terre-de-Glace, pour ensuite me diriger sur la Verte-Terre. Tout se passait à merveille et le ciel n'annonçait aucune tempête et je fus rapidement en vue de ma destination. C'est alors que j'ai eu l'envie subite d'aller au-delà.

— Au-delà? s'exclame-t-elle. Tu veux dire vers les terres que Bjarni a découvertes par hasard.

— Exact!

— Mais c'était terriblement dangereux. Tu aurais pu te perdre et ne jamais revenir.

— Il faut parfois avoir confiance en sa bonne étoile et se fier à l'inspiration du moment. Je me rappelais que Bjarni avait dévié vers le sud-ouest. Je me suis dirigé droit vers l'ouest jusqu'à ce que j'aperçoive une terre en face de moi. J'ai serré la côte et jeté l'ancre, puis dans une petite barque, je suis descendu l'examiner de plus près.

— Comment était-ce? demande Gudrid impatiente. Tu y as rencontré quelqu'un?

— Non, il n'y avait personne. Je n'ai vu que des roches, de grandes pierres plates et des glaciers. J'ai donc décidé d'appeler cet endroit la Terre-du-Rocher-Plat.

— C'est un joli nom, approuve son amie.

— Plus beau que le coin perdu qu'il désigne. Le plus intéressant était à venir. J'ai cinglé vers le sud et découvert une deuxième terre. Celle-là était basse, boisée et, partout où j'allais, le rivage était couvert de sable blanc glissant doucement vers la mer. Je lui ai donné un nom conforme à ses ressources, la Terre-des-Forêts.

— Ce doit être un endroit magnifique!

— Pas vraiment. Il y a tellement d'arbres qu'il est difficile de se promener dans les bois. Pour pouvoir cultiver et faire paître les bêtes, il faudrait défricher. Quelle tâche! Je suis descendu plus au sud pendant deux jours avant de trouver une autre terre. Celle-là est exceptionnelle. De grands champs d'une herbe sauvage y poussent naturellement, les rivières foisonnent de saumons et autres poissons, le gibier, gros et petit, abonde un peu partout.

— Il n'y avait pas de neige, ni de glacier?

— Mis à part les icebergs qui se promènent dans la mer, je n'ai rien vu de tel. J'ai alors construit trois grandes maisons et nous avons passé là le reste de l'été. Un de mes hommes, un Allemand qui s'appelle Tyrkir a disparu un jour.

— Que lui est-il arrivé? A-t-il été attaqué par des gens de ce pays?

— C'est ce que je craignais et j'ai organisé une battue. Tu ne devineras jamais l'état dans lequel il était quand nous l'avons retrouvé. Il riait, sautait, dansait à tel point que j'ai cru qu'il était ivre.

— Il avait bu trop de bière?

— Pas exactement, il avait découvert des raisins. J'ai l'impression qu'il en a tellement mangé que le tout a fermenté en lui pour devenir du vin. Cette histoire m'a tellement amusé que j'ai nommé l'endroit la Terre-des-Vignes. Puis, nous avons coupé du bois et cueilli des fruits pour les rapporter ici. Et me revoilà!

— Je suis bien heureuse que ton voyage de retour se soit bien passé.

Elle se tait, songeuse, puis ajoute:

— Peut-être un jour, j'irai moi aussi dans ce pays merveilleux.

— Je te le souhaite, sincèrement.

Elle détourne son regard pour ne pas lui montrer le malaise qui l'assaille quand elle songe au voyage en mer. La plaie qui lui fend le cœur est tellement vive. Orm, Halldis, disparus à jamais dans le gouffre de l'océan. Elle se secoue et propose à Leif de lui présenter Bjorn. Le jeune homme accepte:

— Avec plaisir, j'en profiterai pour lui transmettre l'invitation de mon père. Ce soir, à notre table, il y aura un banquet. Thorbjorg, la petite prophétesse y sera reçue. C'est une excellente voyante, tu sais!

Gudrid ne répond pas, elle se demande seulement pourquoi Érik le Rouge a besoin des services d'une voyante.

3

Debout auprès de l'âtre, Leif raconte encore une fois son voyage aux nouvelles terres. Avec de grands gestes, il mime l'ivresse de Tyrkir, au grand plaisir des invités, dont Gudrid, qui ne peut s'empêcher de rire. Elle en oublie pour un instant, le chagrin qui ne l'avait pas quittée depuis son arrivée à la Verte-Terre. Cela réconforte Bjorn, il se remet à espérer que sa fille trouvera le bonheur dans ce pays, peut-être même un mari...

Il n'est pas le seul à le croire, Érik le Rouge et sa femme Thjodild verraient d'un bon œil que la blonde Gudrid épouse un de leurs fils.

Le récit de Leif est soudain interrompu par l'annonce de l'arrivée de la voyante, Thorbjorg. Un silence respectueux l'accueille. Gudrid examine avec attention la vieille femme qui entre dans la demeure. Malgré les signes évidents d'un âge avancé qui couvrent son visage, elle se tient très droite.

Pas plus grande qu'une enfant de dix ans, elle porte un manteau bleu, attaché par des cordons, et tout orné de pierreries du col jusqu'en bas. Au cou, elle a un collier de perles de verre. Un bonnet en peau de mouton noir garni de fourrure de chat blanc est posé sur ses longs cheveux gris. Elle tient, dans sa main maigre et tordue, une canne à monture de cuivre dont le pommeau est serti de pierres. À sa ceinture en crins de chevaux tressés, pend une grande bourse en peau de bête. C'est là qu'elle conserve les objets magiques dont elle a besoin pour ses divinations. À chacun de ses pas, les nombreux boutons en étain qui sont attachés à ses lacets tintent en cadence.

Les nombreux invités lui souhaitent la bienvenue. Elle répond à certains par des sourires, à d'autres par des bougonnements. Gudrid se dit qu'elle doit être bien assurée de son autorité pour se permettre d'être aussi impolie.

Érik la prend par la main et la conduit à un siège préparé spécialement pour elle. C'est un fauteuil en bois au large dossier, sur lequel un coussin rempli de plumes de poule est placé. Quand elle est installée, Érik lui dit:

— Honorable Thorbjorg, regarde ma famille, mes gens, mes amis, nos troupeaux et nos demeures et constate par toi-même l'état dans lequel nous sommes. Depuis deux ans, les récoltes sont mauvaises, la chasse et la pêche ne donnent pas ce que nous avons coutume d'attraper. Vois et informe-nous sur le sort que nous réservent les dieux.

— Avant, j'ai faim, répond-elle d'un ton sec.

Sachant à l'avance que la voyante ferait une telle demande, Thjodild avait fait préparer spécialement pour elle une bouillie de gruau au lait de chèvre et des cœurs d'animaux sauvages. La vieille femme mange de bon appétit en se servant de ses propres ustensiles, une cuiller et un couteau en laiton aux manches en dent de morse.

Son repas terminé, Érik refait sa demande. Sans dire un mot, la sorcière se lève et, à l'aide d'une poudre blanche contenue dans une petite fiole trace un large cercle autour de sa chaise. Elle marmonne des paroles incompréhensibles en inscrivant quelques runes à l'intérieur du cercle. Gudrid reconnaît ces signes, mais ignore l'usage des fétiches disposés près d'eux. Ces petits objets sont en plumes et en os attachés ensemble par des lacets de cuir. Un petit banc est placé au pied de la chaise où se rassoit la vieille.

Elle jette un regard sur l'assemblée et dit:

— Quelle est la femme qui récitera le poème des incantations, le *Vardlokur*?

Chacun se regarde, interdit. Qui connaît ce poème? Personne, aucune des femmes et des filles de la Verte-Terre n'a été initiée aux rites divinatoires. Thorbjorg prévient Érik qu'elle ne peut exercer son art sans cela. Il est fort déçu, car il avait invité ses amis pour cette principale raison.

Gudrid est mal à l'aise, elle est chrétienne et ne devrait pas se mêler de cela. Pourtant, Érik les a reçus avec tant de générosité qu'elle se sentirait coupable de ne pas l'aider. Elle prend donc la parole:

— Je ne suis pas versée dans la magie, je ne suis pas non plus une devineresse. Pourtant ma mère adoptive, Halldis, m'a appris à la Terre-de-Glace, le charme qu'elle appelait *Vardlokur*.

— Voilà qui est merveilleux! s'exclame Thjodild. Pourquoi ne l'as-tu pas dit plus tôt?

— Parce que ma foi m'empêche de croire en vos superstitions. J'aurais préféré que quelqu'un d'autre le récite.

Érik s'approche d'elle et lui met la main sur l'épaule:

— En nous aidant, tu rends service aux gens d'ici, et cela ne te rendra pas mauvaise femme pour autant. Qu'en penses-tu Bjorn?

Bjorn regarde longuement sa fille avant de répondre:

— Nous avons tous le devoir d'aider notre prochain, telle est la parole de Dieu. Mais la décision te revient à toi seule.

Il se lève et sort de la maison, préférant ne pas assister à l'événement. Gudrid pousse un soupir et hoche la tête. En s'assoyant sur le petit tabouret, elle a l'impression d'une présence auprès d'elle, celle de Halldis, comme si sa mère adoptive veillait sur elle. La jeune fille fera de son mieux, Halldis sera fière d'elle.

Lentement, en pesant bien chaque mot, Gudrid récite l'incantation. Les yeux fermés, elle se laisse bercer par les rimes:

— Odin, toi qui dans la tempêtes
[des épées
Explore le large chemin des drakkars,
Laisse ta bonne épouse, blonde et
[douce Frigg
Partager avec nous sa sagesse et
[sa vision du futur.
Guidée par ses chats blancs, fidèles
[compagnons,
Qu'elle nous apporte la pomme d'or
Aux pouvoirs incomparables,
[ingrédient premier
Du philtre inspirant l'avenir.

Dans son chant, elle appelle les runes et leur ordonne la soumission à la prophétesse. Elle exige que les choses qui, jusqu'ici, demeuraient un mystère, deviennent claires aux yeux de Thorbjorg pour qu'elle puisse y voir ce que les dieux ont préparé pour la Verte-Terre.

À peine a-t-elle terminé sa récitation, que la vieille femme entre en transe. Ses mains flétries par le temps tremblent, ses yeux fixent intensément Gudrid et sa voix s'élève forte et puissante pour un corps si frêle:

— Oh! Esprits de l'au-delà, vous voilà attirés par la voix de cette jeune fille. Il vous est maintenant impossible de vous éloigner de moi et de me refuser toute obéissance. La destinée devient transparente à mes yeux. Je vous écoute.

«La disette ne durera pas au-delà de l'hiver et le temps deviendra plus favorable à la fonte des neiges. Sept bonnes saisons de semailles et de récoltes sont à prévoir. La plupart des maladies nous seront épargnées, sauf une épidémie dans le nord du pays. Quelles sont ces contrées éloignées qui apparaissent devant moi? Je les vois, elles s'approchent, non, elles s'éloignent aussitôt. Ils ne sont pas pour nous, ces verts pâturages.»

La voyante ferme les yeux et se tait. Elle respire bruyamment, comme si elle avait fourni un effort considérable. Craignant qu'elle n'ait un malaise, Gudrid lui offre un peu d'eau. Thorbjorg regarde la jeune fille et lui dit:

— Voici ta récompense, Gudrid, ta destinée se dessine clairement devant moi. Tu feras ici, un mariage très honorable, puis, tu en feras un autre encore plus respectable qui te mènera au bout du monde. Mais rappelle-toi que ton chemin aboutit à la Terre-de-Glace. Il sortira de toi une nombreuse et excellente lignée. Sur ta descendance brillent des rayons si éclatants qu'il ne m'a guère été donné d'en voir de semblables. Adieu, et bonne chance, jeune fille!

La vieille femme exige alors d'être conduite à la couche que l'on a préparée pour son repos. Elle doit refaire ses forces après cette épuisante tâche.

Gudrid sort et retrouve son père qui l'attendait près d'une barque. Ensemble, ils traversent le fjord et rentrent chez eux.

4

Pendant tout l'automne, Gudrid, son père et ses hommes travaillent à la construction de plusieurs demeures sur la Pointe-du-Bâton. Bjorn n'a plus d'esclaves, il leur a rendu la liberté, mais ceux-ci lui restent fidèles. Chacun d'eux aura sa petite maison sur la terre de leur ancien maître.

Érik et toute sa famille viennent régulièrement leur rendre visite et apporter leur aide. Ses trois fils, Leif, Vald et Stein sont vite devenus des amis de la jeune fille et de son père, mais on ne peut pas en dire autant de Freydis, leur sœur. Ou plutôt, leur demi-sœur, elle est la fille d'Érik et d'une de ses esclaves. Même si Thjodild l'a toujours considérée comme sa propre fille, Freydis souffre de ne pas l'être. Elle se sent différente et se place d'elle-même à part de la famille.

Gudrid doit toujours agir avec beaucoup de tact et de finesse quand elle lui parle. Leurs rapports ne sont pas aisés. Freydis est tellement renfermée que l'on ne sait jamais vraiment ce qu'elle pense. Si Gudrid se montre amicale, cela semble la déranger, si, au contraire, elle lui parle moins, les yeux de Freydis lui reprochent de ne pas s'occuper d'elle. Patiemment, Gudrid l'apprivoise comme un oiseau sauvage blessé qu'elle voudrait soigner, avec des petites attentions, des sourires, des mots gentils.

Pour Thjodild, c'est différent. Avec elle, la jeune fille discute souvent durant de longues heures. De tout et de rien. De la vie à la Verte-Terre qu'elles comparent avec celle de la Terre-de-Glace.

Un jour, Thjodild a demandé à Gudrid de lui enseigner la nouvelle religion, celle à laquelle Leif s'est converti quand il était en Norvège, le christianisme. Elle croit qu'ainsi, elle serait à même de mieux comprendre son fils. Il a tellement changé en quatre ans, il est devenu très sérieux, trop sérieux. Il ne rit plus aussi souvent, parfois il fait de longues marches solitaires. La nuit, il dort mal et elle l'entend soupirer. Elle s'inquiète pour lui.

Gudrid est enchantée de lui apprendre la parole de son Dieu et y met beaucoup d'ardeur. Mais, pour la rassurer, elle lui explique que ce n'est sûrement pas sa foi qui rend son fils malheureux et promet d'en parler avec lui. À elle, peut-être voudra-t-il se confier?

Profitant d'une de ses promenades sur le bord du fjord, elle le rejoint. Habillée d'un manteau de fourrure de renard, un bonnet en poil de lièvre sur la tête et ses pieds enfouis dans des bottes en peau de phoque, elle écoute le craquement de la neige sous ses pas. Silencieuse, elle se contente de souffler des petits nuages ronds par la bouche.

Comme elle, il est vêtu de fourrures de la tête aux pieds. L'hiver à la Verte-Terre est tellement glacial que seules les peaux de bêtes peuvent protéger l'homme du froid. Le premier, il rompt le silence par ses réflexions:

— Je me demande quel temps il fait à la Terre-des-Vignes. Y a-t-il autant de neige? Non, c'est sûrement plus doux qu'ici.

— Ce doit être un endroit merveilleux! Tu aimerais y retourner?

— Oui et non... Pas vraiment.

— Pourquoi tant de tristesse dans tes yeux, mon cher frère? J'ai l'impression que tu as laissé une partie de ton âme loin de toi.

— Pas de mon âme, de mon cœur! Je n'aurais pas dû, je n'aurais pas dû.

Le ton de Leif inquiète Gudrid. Il y a tant de mélancolie en lui.

— Il n'est pas bon de garder toute cette amertume en soi, l'encourage-t-elle. Il faut te confier, partager avec quelqu'un ta peine.

— Je ne veux pas t'embêter avec mes histoires.

— Et les amis, ils servent à quoi? À se faire embêter par les histoires de ceux qu'ils aiment! Tu ne le savais pas?

Leif sourit. Elle trouve toujours le mot pour le dérider. À voix basse, il raconte:

— Quand je vivais en Norvège, j'allais souvent visiter les îles environnantes, celles de Féroé, des Orcades et des Hébrides.

Il hésite un peu avant de poursuivre.

— C'est dans ces dernières que j'ai rencontré une jeune femme, Thorgunna. Si tu la voyais, elle est si belle. Sa peau blanche comme neige contraste avec ses yeux et ses cheveux bruns. Elle est une Viking, mais...

«C'est donc cela, songe Gudrid. Il est amoureux et s'ennuie d'elle. Il n'a pourtant qu'à l'épouser!»

— Pour sa famille je suis un étranger, continue Leif. Je ne pense pas qu'ils accepteraient que leur fille parte avec moi.

— Pourquoi refuseraient-ils? Tu es le fils du fondateur de la Verte-Terre, tu as été éduqué par un roi et tu es rempli de charme! Ils devraient plutôt être fiers de te prendre pour gendre.

— J'en doute! Surtout après ce que j'ai fait. J'ai... je l'aimais tant, alors... Eh bien! elle est enceinte de moi. Un moment, j'ai pensé à l'enlever, mais j'y ai renoncé. Cela aurait pu provoquer une guerre entre nos deux familles. De plus, à ce moment-là, je n'avais pas assez d'hommes avec moi pour soutenir une attaque. Je ne pouvais quand même pas prendre le risque qu'elle soit blessée dans une bataille.

Il soupire de nouveau. Gudrid a du chagrin pour lui.

— Il ne faut pas perdre espoir, il y a une solution à tout.

— Laquelle? Moi, je n'en vois aucune.

— Si j'étais à la place de Thorgunna, je crois que je ferais tout mon possible pour convaincre mes parents que tu es l'homme de ma vie. Enfin, s'il est vrai qu'elle t'aime autant que toi.

— Là-dessus, je n'ai aucun doute. C'est une femme passionnée. Tous ses mots, ses gestes, ses attitudes ne peuvent me faire douter de son amour pour moi.

— Alors, aie confiance en elle. Elle saura trouver les paroles qui influenceront ses parents en ta faveur. Je suis persuadée qu'à l'été, elle attendra ton retour, certaine de pouvoir t'épouser avec le consentement et la bénédiction de sa famille.

Leif soupire encore et hoche tristement la tête, tout en murmurant:

— C'est impossible. Je ne peux pas aller la rejoindre l'été prochain.

— Qu'est-ce qui t'en empêche? Tu possèdes le meilleur bateau du pays.

— Non, j'ai donné ma parole à Vald. Il pourra utiliser mon *knorrar* pour se rendre à la Terre-des-Vignes. Il désire explorer l'endroit et éventuellement s'y établir. Il ne reviendra probablement pas avant un an ou deux.

— Si tu expliquais la situation à ton frère, il comprendrait sûrement et...

— Non! J'ai promis! Je ne peux revenir là-dessus.

L'honneur des Vikings est une belle chose, mais parfois cela peut nuire plutôt que d'aider. Silencieux, ils poursuivent leur marche, chacun perdu dans ses pensées. À pas lents, ils approchent de la forge d'Érik. Des éclats de voix en surgissent.

— Espèce d'imbécile! Maladroit! À genoux, que je te corrige comme tu le mérites!

Leif tend l'oreille et murmure à Gudrid:

— Mon frère Vald me semble en colère.

Ils hâtent le pas pour se rendre à la forge et entendent encore:

— Calme-toi, il ne l'a pas fait exprès, il n'a pas voulu te blesser.

— J'espère bien qu'il ne l'a pas voulu, ce serait un comble! Mais, l'animal, une bonne punition lui fera du bien. Ça lui apprendra à faire attention.

Leif et Gudrid entrent en courant dans le petit atelier et voient Vald frapper, avec un long bâton, un esclave recroquevillé en boule à ses pieds. Tout près d'eux, Stein tente vainement de raisonner son frère.

— Vald! crie Leif. Arrête! Tu sais bien que père ne veut pas que l'on maltraite ainsi ses esclaves.

— Ce n'est pas son esclave, c'est le mien, réplique Vald en frappant de plus belle.

— C'est vrai, dit Stein. Il l'a acheté l'an dernier. Ça suffit, Vald. Il est assez puni. Si tu l'estropies, il ne te servira plus à rien.

Vald cesse aussitôt ses coups et s'écrie:

— Tu as raison, petit frère. Au prix que je l'ai payé, il serait dommage de trop l'abîmer. Allez, vermisseau, debout, viens actionner le soufflet, mais je t'avertis: attention à ce que tu fais! Je ne veux plus recevoir de braises sur la figure.

Celui à qui il s'adresse, un jeune homme aux cheveux noirs et au teint foncé, tente péniblement de se relever, mais n'y parvient pas. Gudrid, prise de compassion, se penche sur lui pour examiner ses blessures. Vald la repousse vivement et pointe sur elle son bâton.

— Toi, la petite, ne te mêle pas de cela, sinon...

Il ne peut finir sa phrase, car Stein lui saute dessus en criant:

— Je t'interdis de la toucher!

Vald est beaucoup plus grand et plus fort que son jeune frère, Stein, mais celui-ci met tant de vigueur et de rage dans sa bataille que son aîné se retrouve rapidement en mauvaise posture. Leif se doit d'intervenir pour les séparer. Il en agrippe un par le collet et l'autre par la manche et se place entre eux.

— Calmez-vous! Vous ressemblez à deux vieux boucs malcommodes. Stein, retourne à la maison!

Son frère hésite, regarde tour à tour Gudrid et Vald. Leif comprend son inquiétude et dit à son amie:

— Il serait préférable que tu ne t'attardes pas ici. Je m'occuperai moi-même de l'esclave.

La jeune fille comprend que sa présence ne ferait qu'envenimer la situation. Les hommes sont trop fiers pour montrer qu'ils cèdent devant une femme. Elle les salue et les quitte.

— Maintenant, vous deux écoutez-moi, ordonne Leif à ses frères. Je suis votre aîné, c'est-à-dire celui qui commande après Père. Vous allez vous calmer et revenir à de meilleurs sentiments. Stein, va à la maison. Toi, Vald, tu restes seul ici, je me charge de soigner ton esclave. Il lui est impossible de travailler dans l'état où il est.

Sans dire un mot, Stein sort de la forge. Leif passe un bras de l'esclave sur son épaule et le soutient. Au moment où il quitte l'atelier, Vald lui crie, en riant:

— C'est bien la première fois que je vois notre petit frère dans cet état. Mais c'était une belle bagarre, non?

Leif secoue la tête en souriant. Vald ne changera jamais, toujours prêt à se battre pour n'importe quelle raison. Au fond, il n'est pas méchant, il a seulement le sang un peu trop chaud.

5

Depuis quelques semaines déjà, le temps s'est adouci, au grand étonnement des habitants de la Verte-Terre. Jamais encore à pareille époque, la température n'avait été aussi clémente, comme si le printemps avait décidé cette année de chasser l'hiver.

Bjorn en est très heureux, car cela lui permet de travailler plus longtemps sur les maisons qu'il bâtit pour ses affranchis. La sienne est déjà terminée. Personne ne chôme à la Pointe-du-Bâton. Érik et sa famille sont fidèles à leurs amis et leur prêtent main-forte tant que cela sera nécessaire. Les charpentes et les fondations en pierre, abandonnées durant les gros froids, sont maintenant presque toutes recouvertes de mottes de gazon qui ont été taillées à l'automne. Les toits seront en branches entremêlées, elles aussi couvertes de tourbe.

Pendant qu'elle transporte ce précieux matériau, Gudrid observe les constructions avec un petit pincement au cœur. Elle songe à la belle maison de pierres et de bois qu'elle habitait à la Terre-de-Glace. Une telle demeure est impossible ici. Il y a si peu d'arbres dans ce pays et ils sont si petits. Ses pensées errent jusqu'à ce nouveau monde couvert de forêts visité par Leif.

Perdue dans son rêve, elle s'éloigne des autres et ne voit pas Vald qui s'approche d'elle. Il l'aborde sans façon, la faisant sursauter.

— Alors, petite, tu es contente de ton nouveau domaine?

— Oh! Oui, bien sûr! C'est bien aimable à toi et ta famille de nous aider.

— Tant mieux, si tu es satisfaite. Maintenant, je viens me faire payer.

— Quoi! s'étonne-t-elle.

Il ricane et poursuit:

— Je ne te demanderai pas très cher, juste...

Il l'attrape vivement par la taille et l'attire à lui.

— ...un baiser!

— Jamais de la vie. Lâche-moi! crie-t-elle. Je t'interdis de me toucher.

Elle tente vainement de le repousser, il est tellement plus fort qu'elle. Heureusement, Stein et Leif ne sont pas loin et l'entendent.

— Vald, laisse-la! hurle Stein en courant vers eux.

— Vald, tu exagères, intervient Leif en arrivant auprès de lui.

— Je ne la lâcherai que lorsqu'elle m'aura payé par un baiser.

Stein est blême de colère, mais il n'ose toucher à Vald de peur qu'il ne blesse Gudrid. Il ne peut qu'exprimer sa rage en paroles:

— Si tu n'arrêtes pas tout de suite, tu auras affaire à moi!

— T'imagines-tu vraiment que tu m'effraies et que je vais la lâcher pour cela? raille Vald.

Gudrid répond promptement:

— Non! Mais pour cela, oui.

Au même instant, elle lève brusquement son genou qui frappe l'entre-jambe de Vald. Sous l'effet de la douleur, il la relâche, se plie en deux et gémit en se tenant le ventre.

— Sache, Vald, reprend Gudrid, que je n'ai besoin de personne pour me défendre. Et je ne te permettrai jamais de porter la main sur moi.

Les joues rouges d'émotion, elle se retourne pour s'éloigner et réalise que cette dispute a attiré quelques personnes, dont Bjorn et Thjodild.

Son père met le bras sur l'épaule et dit:

— Voilà qui est bien parlé, mon enfant. Pour bien se défendre, il faut d'abord compter sur soi. Bravo! c'était un beau coup.

Gudrid sourit, fière d'avoir tenu tête au mouton noir de la Verte-Terre. Thjodild fait quelques pas vers son fils et le réprimande:

— Voilà une attitude qui ne me plaît pas du tout. Je n'admettrai jamais que tu te battes avec tes frères ou que tu embêtes nos amis. Garde plutôt ton énergie pour travailler. L'ouvrage n'est pas encore terminé.

Elle lui tourne le dos et part sans attendre ses explications. Chacun s'éloigne pour reprendre ses activités. Vald, demeuré seul avec ses frères, leur lance avec un clin d'œil:

— Elle a du caractère, la petite! J'aime bien!

— Comment peux-tu rire après ce que tu viens de faire? explose Stein. Tu devrais avoir honte de ton geste.

— Ne te fâche pas, je voulais seulement lui faire une petite blague, à Gudrid.

— Une blague? Tu appelles ça, une blague, crie Stein de plus en plus en colère. Tu n'es qu'un scélérat!

Il s'élance sur son frère, mais Leif le retient juste à temps. Les bras enlacés autour de Stein, il tente de le calmer.

— Ça ne sert à rien de te mettre dans un état pareil. C'est fini maintenant. Je suis certain que Vald ne recommencera plus. Promets-le, Vald.

— D'accord, je jure d'être sage comme une brebis. Parole de Viking! Content?

Stein se ressaisit et Leif desserre son étreinte.

— Je te fais confiance, Vald, ajoute Stein, parce que nous avons le même sang et que jamais personne dans notre famille n'a manqué à sa parole.

Sans rien dire d'autre, il s'éloigne à grands pas. Leif est songeur. Vald murmure:

— Pauvre petit frère! Il est beaucoup trop sérieux.

— Sérieux? Bien plus que tu ne l'imagines...

○

Plus tard, dans la veillée, pendant que Gudrid prépare une soupe aux choux et au poisson, Bjorn cuit à la broche deux lièvres qu'il a attrapés au collet, ce matin. Ils sont seuls dans la maison, tous les affranchis préférant habiter dans une des petites demeures, la première dont la construction est achevée.

Bjorn hésite déjà depuis un long moment quand il se décide enfin:

— Aujourd'hui, j'ai parlé avec Érik.

— Vraiment? Je croyais pourtant que tu lui parlais tous les jours, plaisante gentiment Gudrid.

— Oui, mais cette fois, c'était sérieux.

— Oh! C'est vrai. Habituellement, ensemble vous êtes un peu bouffons.

— Est-ce que tu te moques de moi? s'écrie-t-il.

Elle rit et s'approche de lui avant de répondre:

— Si peu, père chéri. Qu'as-tu donc à me dire de si important? Je t'écoute.

— Bien, voilà qui est mieux, commence-t-il avec un sourire. Érik souhaiterait que nos deux familles soient plus proches...

— Il n'y a pourtant qu'un fjord qui nous sépare!

— Gudrid! Pourquoi fais-tu semblant de ne pas comprendre?

— Parce que tu prends trop de détours. Sois plus clair, répond-elle en retournant à sa soupe.

— Parfait, tu l'auras voulu. Érik désire que tu épouses un de ses fils.

— Un de ses fils! reprend-elle d'un faux air détaché.

— N'importe lequel, celui de ton choix.

— Voilà qui est bien généreux de sa part.

— Gudrid, mon enfant, je n'ai pas envie de me séparer de toi, ni de te chasser de la maison...

— Je l'espère bien, dit-elle en brassant son bouillon.

— ...mais avoue que tu es en âge de te marier...

— 17 ans à peine!

— ...et je préférerais partager cette noce avec un ami. Tu comprends?

Gudrid prend le temps de déposer sa cuiller en bois et de s'essuyer les mains sur son tablier. Puis les mains sur les hanches, elle regarde longuement son père avant de lui répondre:

— Mais, père, lequel des trois pourrais-je bien épouser?

— J'avais pensé que Leif serait un bon...

— Leif? Mais, il ne m'aime pas.

— On ne le dirait pas, vous êtes toujours ensemble. Tu ne me feras pas croire que les nombreuses promenades que vous faites, sont le signe d'une profonde antipathie.

— Il a beaucoup d'affection pour moi, je l'admets, mais il ne m'aime pas. Je ne suis pour lui qu'une petite sœur.

— Je ne suis pas certain de cela. Quoique vu sous un autre angle, c'est déjà beaucoup. Le grand amour viendra plus tard.

— Ça m'étonnerait. Pour être franche, mais n'en parle à personne, c'est un secret, il est terriblement amoureux de quelqu'un d'autre. Il n'y a qu'à moi qu'il s'est confié. Quand nous sommes seuls, il ne tarit pas d'éloges sur elle. À l'entendre, elle a toutes les qualités.

— Pourquoi ne l'épouse-t-il pas?

— Difficile à faire! Elle habite tellement loin, aux Hébrides.

Bjorn émet un sifflement.

— Ce n'est pas à côté, mais Leif a un bon bateau et il est un excellent navigateur. Il pourrait sûrement aller la chercher au cours de l'été.

— Impossible, pour deux raisons. Un , il n'a plus de bateau. Il l'a prêté à Vald pour un voyage à la Terre-des-Vignes. Deux, ses relations avec les parents de la jeune fille ne sont pas terribles. Rien qui ne puisse s'arranger, mais...

— Je vois, Leif n'est donc pas sur ta liste de prétendants.

Il se tait, se gratte lentement la nuque et reprend:

— Et Vald?

Elle éclate de rire:

— Vald! Pas question! Avec un mari semblable, je passerais mon temps à ramasser les blessés derrière lui ou à réparer les pots cassés. Oh! non! Je préférerais un mari plus tranquille.

— Eh bien! Tu ne trouveras pas plus tranquille que Stein. Il est vrai qu'il ne parle pas beaucoup, mais toi tu causes pour deux.

— Père! Je ne suis pas si bavarde.

Bjorn sourit et redemande:

— Que penses-tu de Stein?

— Il est bien gentil, mais je doute que je l'intéresse, soupire-t-elle. Depuis que j'habite ici, il ne m'a pas dit cinq mots. J'ai même l'impression qu'il me fuit. Non, je ne pense pas qu'il soit intéressé à moi.

Gudrid est interrompue par des coups frappés à la porte. C'est Leif qui entre à l'instant, précédé d'une rafale de vent.

— Bonjour, seigneur Bjorn.

— Sois le bienvenu, jeune homme.

— Tu arrives juste à temps, lance Gudrid en lui servant un bol de soupe.

— Je ne veux pas vous déranger pendant votre repas. Je venais seulement vous apporter un message de la part de mon père.

— Prends le temps de t'asseoir et de manger. Personne ne t'attend? s'informe Bjorn.

— Non, mais il y a tout de même mon esclave qui est dehors et, avec le froid qui semble revenir ce soir, je ne veux pas le laisser là trop longtemps.

— Pas de problème, fais-le entrer. J'ai suffisamment de soupe pour lui aussi, suggère la jeune fille.

Leif accepte l'invitation et fait passer l'esclave à l'intérieur. Un fort courant d'air froid se glisse dans la maison, au même instant. À sa grande surprise, Gudrid reconnaît le jeune homme que Vald corrigeait l'autre jour.

— Je l'ai racheté à mon frère, explique Leif en s'attablant.

Gudrid sourit. Elle sait à quel point son ami a bon cœur et qu'il ne peut accepter la violence de Vald. Elle distribue soupe, lièvre et pain à chacun et tous mangent de bon appétit, surtout l'esclave, réjoui de la générosité de la jeune fille.

Après avoir avalé quelques bouchées, Leif informe Bjorn que son père, ses frères et lui-même ne pourront l'aider demain à achever les constructions. Ils se proposent plutôt de chasser le phoque aux Îlots-d'Érik, à l'embouchure du fjord. Si cela l'intéresse, Bjorn et ses hommes seront les bienvenus. Le père de Gudrid est enchanté de cette offre. Voilà une distraction qui fera du bien à tous, la fatigue du travail commençait à se faire sentir. De plus, cela lui permettra de trouver la nourriture et les fourrures qui sont si nécessaires.

— Cela me donnera aussi l'occasion de parler avec ton père, ajoute Bjorn.

— Que vas-tu lui dire? s'inquiète Gudrid. Je n'ai pris aucune décision.

Leif est surpris du ton de son amie. Il l'observe ainsi que son père. Bjorn remarque son coup d'œil et lui explique:

— Ton père souhaiterait que ma fille devienne sa bru. Mais j'ai un peu de difficulté à la convaincre. D'abord, elle ne veut pas de toi pour mari, ensuite, elle trouve Vald trop... vivant. Et maintenant, elle s'imagine que Stein est insensible à ses charmes.

— Père! Tu as une façon de dire les choses! s'écrie Gudrid.

— Quoi! Ce n'est pas vrai? Je me trompe?

— C'est... c'est exact, mais... tu es un peu trop direct.

— C'est pourtant toi, tout à l'heure qui m'a demandé d'aller droit au but. Je ne fais que suivre ton conseil, répond-il en faisant un clin d'œil à Leif qui s'amuse de leur dispute.

Au fond, il est très heureux de cette nouvelle. D'après lui, son plus jeune frère fera un excellent époux pour Gudrid.

— Je connais bien Stein, dit-il pour la persuader. Il est très timide et n'osera jamais t'aborder le premier, mais je sais qu'il a beaucoup d'affection pour toi.

— Comment peux-tu dire cela? s'objecte-t-elle. Il m'évite et ne fait pas attention à moi.

— Tu fais erreur. Pour que le très doux Stein saute sur Vald pour te défendre comme il l'a fait à deux reprises, ses sentiments pour toi doivent être terriblement forts. J'en suis sûr, il t'aime. Mais ne compte pas sur lui pour qu'il te l'avoue.

Silencieuse, Gudrid songe à ce que Leif lui dit. En examinant attentivement ses propres émotions, elle réalise que Stein ne lui est pas indifférent. Le seul reproche qu'elle peut lui adresser, c'est justement de ne pas s'occuper d'elle. Elle tente d'imaginer comment serait leur union et se sent emplie de joie. Si Leif dit vrai...

— Père, j'ai une faveur à te demander. Ne dit rien à Érik, tant que je n'aurai pas parlé avec Stein. Je veux m'assurer par moi-même, de ce qu'il pense de moi. D'accord?

— Promis! dit-il en l'embrassant, mais n'attends pas trop.

Il se rassoit, lance un sourire malicieux à sa fille et poursuit:

— En passant, j'ai appris que ton autre frère a l'intention de séjourner dans les nouvelles terres que tu as visitées.

— C'est vrai, Vald partira dès que le printemps sera installé. Il voyagera sur mon navire avec environ vingt-cinq ou trente hommes.

— Voilà qui est embêtant pour toi de prêter ainsi ton bateau, surtout si tu avais l'intention d'entreprendre une petite expédition à l'extérieur de la Verte-Terre.

Mal à l'aise, Leif bredouille:

— Je n'ai aucune raison de quitter le pays.

— Dans ce cas, ça ne te dérange pas, réplique Bjorn.

Il fait une pause et ajoute:

— Si jamais tu changeais d'idée, je te permets de prendre mon bateau.

— C'est très aimable à vous, mais je vous l'ai dit, je n'ai aucune...

— À une condition, l'interrompt Bjorn. Tu n'as droit qu'à un seul voyage, Verte-Terre aux Hébrides et aller-retour.

Bouche bée, Leif dévisage Bjorn et Gudrid qui pouffent de rire. Il est évident que son amie a mis son père au courant de sa liaison. Il sourit et ne dit mot pendant un long moment. Puis il répond simplement:

— Merci.

6

Les hommes ont été absents durant près de deux semaines. Debout sur le seuil de sa porte, Gudrid les regarde approcher. Deux solides chevaux tirent chacun un traîneau alourdi par le produit de la chasse. Bjorn guide l'un deux, une bonne bête grise mouchetée de noir, souvenir du Champ-de-la-Caverne, tandis que l'autre est mené par son propriétaire, Stein. Quelques affranchis de Bjorn les accompagnent.

Avant même qu'ils ne soient arrivés à la demeure, la jeune fille se hâte de les rejoindre et d'embrasser son père. La chasse a été bonne. Sous les peaux de phoque empilées, elle découvre des quartiers de viande qu'il lui faudra dépecer, puis saler ou fumer pour la conservation, sans parler de la graisse qu'elle fera fondre pour lui servir d'huile à cuisson.

Bjorn décharge rapidement son traîneau et détache son cheval. Il se frappe alors le front de la main et dit:

— Ce que je peux être distrait, j'ai oublié ma lance et mon grand couteau chez Érik. Je vais les chercher, je ne serai pas long.

Stein n'a pas le temps de répondre que Bjorn monte sur son cheval et part au galop. La glace recouvrant le fjord commençant à dégeler, il lui faudra le contourner vers le nord, ce qui lui prendra au moins une heure. Voilà qui est bien suffisant pour la petite conversation que sa fille désire avoir avec Stein.

Le jeune homme, toujours aussi timide, vide silencieusement son traîneau et transporte son chargement dans la petite pièce située au bout de la maison de Bjorn. C'est là que les peaux et la viande seront travaillées. Gudrid remercie les hommes de son père et leur permet d'aller se reposer. Demeurés seule avec Stein, elle lui dit:

— Voilà une chasse qui nous fera du bien! Nos réserves de viande s'épuisent.

Stein hoche la tête sans prononcer un mot. Il piétine gauchement sur place, hésitant entre prendre la fuite ou engager la conversation. Gudrid réalise vite que c'est à elle d'agir. Elle s'approche de lui et pose carrément sa question:

— Stein, dis-moi franchement, est-ce que je te plais?

Il ouvre la bouche, la regarde avec de grands yeux, referme la bouche et fixe le plancher. Il est incapable de répondre.

— Stein, j'ai besoin de savoir. Ton père veut qu'il y ait une union entre nos deux familles, et il désire que je choisisse entre ses fils. Si je savais ce que tu penses de moi, ce serait plus facile de prendre une décision.

— Je... je te trouve très bien, mais il y a Leif. Il est peut-être plus indiqué que moi, murmure-t-il sans la regarder.

Gudrid est étonnée de cette remarque. Elle se rapproche encore et pose sa main sur le bras de Stein. Ce geste le force à lever les yeux sur elle.

— Je ne peux pas être sa femme, pour Leif, je ne suis que sa petite sœur. Il ne veut pas de moi, ni moi de lui. C'est ton désir à toi que je veux connaître, car je n'ai pas envie de m'imposer dans ta vie.

— T'imposer! Oh! non, jamais, s'écrie-t-il soudainement. C'est toujours un plaisir pour moi que de te voir.

Heureuse de cette réponse, elle lui prend les deux mains et lance:

— Vraiment? J'avais l'impression que ma présence t'embêtait et j'étais un peu inquiète...

— Je suis désolé que tu aies cru cela. Au contraire, je ne... je ne peux m'empêcher de penser à toi depuis ton arrivée ici. Je veux dire que... enfin que je crois que... je t'aime.

Poussé par une impulsion subite, il l'embrasse sur la bouche d'un geste vif. Elle n'offre aucune résistance et lui sourit.

Encouragé par cette petite victoire, il recommence en y mettant plus d'application. Gudrid constate à ce moment-là que, sous l'apparence de glace de Stein, se cache un volcan qui ne demande qu'une bonne occasion de se réveiller.

7

Dès que le fjord fut dégagé de ses glaces, deux grands départs ont eu lieu. D'abord, celui de Vald vers la Terre-des-Vignes: Avec une trentaine d'hommes, il a quitté le pays sur le navire de son frère pour explorer cette nouvelle terre.

Puis, ce fut au tour de Leif de partir pour les Hébrides, avec le *knorrar* de Bjorn. Thjodild est heureuse de savoir que son fils reviendra avec une femme et un enfant. Il est en âge de se marier et il ne serait pas bon qu'il ne le fasse pas. Il a promis d'être de retour avant la fin de l'été. Ainsi, il y aura un double mariage, les deux frères, Leif et Stein, prendront femme le même jour dans l'église toute neuve qui sera bâtie à la Raide-Pente.

Cette église est une idée de Thjodild. Depuis que Gudrid lui parle de sa religion, la femme d'Érik ne pense qu'à se convertir. Pour cela, Leif, ramènera un prêtre de son voyage dans le sud. Mais ce n'est pas tout, Thjodild veut aussi que toute sa famille devienne catholique. Leif l'est déjà, Stein et Vald n'y font aucune objection. Le seul qui ne se laisse pas convaincre est Érik. Malgré son refus, il a accepté de construire une église pour sa famille et les habitants de la Verte-Terre.

Avec l'aide de Stein et de Bjorn, la petite chapelle est vite montée. Pendant ce temps, Gudrid fait ses préparatifs pour la noce. Elle orne de broderies multicolores sa plus belle robe blanche et une tunique bleue que lui a donnée Thjodild. Elle prépare son trousseau en ramassant des plumes d'oiseaux sauvages pour en remplir des édredons. Elle carde et file la laine de ses moutons pour la tisser en de chaudes couvertures ou manteaux.

Elle transforme l'orge en bière, sèche le poisson pêché par son père ou son fiancé, cueille des petits fruits rouges, semblable à des canneberges, et en fait des confitures.

De son côté, Stein chasse et pêche autant qu'il le peut pour offrir à Bjorn des présents honorables prouvant à quel point il apprécie sa fille. Après tout, il doit démontrer à son futur beau-père qu'il saura nourrir sa famille, surtout qu'ils ont décidé, d'un commun accord, de vivre dans la maison de Bjorn. Gudrid étant sa seule héritière, tous ses biens lui reviendront.

Un jour, le jeune prétendant s'est même présenté à la demeure de Gudrid avec une peau d'ours blanc gigantesque. Après avoir atteint l'animal de deux flèches, il avait fallu l'achever à coups de hache, mettant ainsi sa propre vie en jeu. Les marques de griffes qu'il porte maintenant sur le corps, en sont la preuve. Quand Gudrid songe à cette lutte féroce contre la bête sauvage, elle frissonne.

L'été, malheureusement trop court à la Verte-Terre, touche déjà à sa fin. Les deux jeunes fiancés passent de plus en plus de temps ensemble et se promènent souvent en barque sur le fjord. C'est lors d'une de ces randonnées qu'ils ont vu arriver le bateau de Leif. Celui-ci, dès qu'ils furent montés à bord leur a présenté Thorgunna et leur fils de 10 mois, Thorgils. Gudrid est heureuse que son ami ait pu convaincre les parents de la jeune fille de son amour pour elle.

— Ton idée était excellente, Gudrid, avoue Leif. Elle ne leur avait dit que du bien de moi, de plus les cadeaux que je leur avais emportés, ont fini de les persuader. L'anneau d'or, le manteau de laine et la ceinture ornée d'ivoire de morse étaient très bien, mais ils ont de loin préféré le berceau pour l'enfant. Cela signifiait que je reconnaissais la paternité du petit, donc que j'étais prêt à l'élever. Pour eux, c'était très important, tu avais raison à ce sujet.

— C'est fantastique, il ne nous reste plus qu'à célébrer la noce, s'écrie Gudrid.

— Le plus tôt possible, ajoute Stein.

Leif consulte Thorgunna du regard, elle est d'accord pour que cette cérémonie religieuse se fasse rapidement. Avec eux, ils ont ramené un prêtre et quelques moines, au grand plaisir de Thjodild. Son église va enfin être bénie. La petite bâtisse est inaugurée par le double mariage de ses fils, célébré deux jours après l'arrivée de Leif.

Pour l'occasion, Gudrid a revêtu la robe et la tunique brodées, son front est entouré d'un ruban de soie bleue. Ses plus beaux bijoux parent ses vêtements. Stein porte un manteau rouge attaché sur l'épaule par une broche de cuivre. À la taille, il arbore une splendide épée, au fourreau de cuir incrusté de métal.

Il pose la main sur l'épaule de Gudrid et tous deux se rendent ainsi à l'église où Leif et Thorgunna sont déjà rendus. Thjodild, avec Thorgils dans ses bras, ainsi que Érik, Bjorn et tous les invités les suivent.

La cérémonie se fait dans la joie. Les Vikings ont l'habitude de célébrer bruyamment leurs fêtes. Celle-ci ne fait pas exception. Après l'échange des vœux, des cris de félicitation fusent de toutes parts. C'est en chantant qu'ils reviennent vers la demeure d'Érik. Dehors, des esclaves servent la bière et, sur une longue table, le repas est préparé. Tout le monde mange et boit à volonté.

Puis des courses sont organisées. D'abord, celle du sac de sable. Chaque concurrent doit parcourir le trajet de la maison d'Érik à celle du plus proche voisin, aller-retour en tenant sur ses épaules un lourd sac de sable, et au pas de course. Une quinzaine de jeunes hommes sont en ligne, dont Leif et Stein. Le départ est donné. Gudrid réalise vite que tous les coups sont permis. Ils se bousculent, se font des crocs-en-jambe, au grand plaisir des spectateurs. Les hommes et les sacs tombent par terre et s'empilent parfois. Ils se relèvent à la hâte et repartent de plus belle. À l'arrivée, ils rient et se tapent dans le dos. Leif est deuxième, Stein, moins chanceux, se contente de la huitième place.

Une course plus sérieuse se prépare. Les plus beaux chevaux du pays sont alignés. Bjorn monte l'un deux. Les nobles bêtes devront faire deux fois le tour d'un circuit tracé à l'avance. Les cavaliers retiennent leurs montures qui piaffent d'impatience. C'est parti. Cette fois, il n'est pas question de tricher, s'il fallait qu'un des chevaux se blesse, son propriétaire ne le pardonnerait pas. Cet animal est presque divin pour les Vikings.

Au premier tour, Bjorn s'est laissé distancer par quatre participants. Il redouble d'efforts, serre de près son cheval, l'encourage de la voix. Gudrid crie et saute en le voyant se rapprocher. Il en dépasse un, puis un autre, mais la ligne d'arrivée est trop proche, il n'a pas le temps de rejoindre les deux premiers. «Une troisième place, ce n'est pas si mal», le félicite sa fille.

Un autre divertissement est offert aux invités: le saut de rames. Une grande barque est placée au centre du fjord. Les rames sont maintenues en position horizontale, et ceux qui le désirent et se sentent assez braves, courent de l'une à l'autre. Certains tombent dans l'eau glacée et doivent être remontés à bord en toute hâte. Stein tente sa chance et parvient à se maintenir d'un bout à l'autre. Pour le taquiner, Leif, qui tient la dernière rame sur laquelle Stein est debout, l'agite de gauche à droite pour lui faire perdre l'équilibre. Mais Stein avait prévu la manœuvre et saute sur la rame précédente.

L'air frais du début de la soirée se faisant sentir, Érik invite tout le monde à l'intérieur où un autre repas plus léger est servi. Debout près de l'âtre, un conteur d'histoires, un scalde, comme les Vikings l'appellent, récite des vers ayant pour thème les grandes actions des nombreux héros légendaires.

Le récit du scalde est brusquement interrompu par l'entrée subite d'une dizaine d'hommes aux visages graves. Érik les reconnaît aussitôt. Ce sont ceux qui ont accompagné son fils à la Terre-des-Vignes.

— Vous, ici? Comment se fait-il? Vald est donc de retour.

Il le cherche des yeux, mais en vain. L'un des hommes, Herjulf, s'approche d'Érik et lui tend une épée et une hache appartenant à Vald.

— Il n'est pas avec nous. Il ne reviendra jamais. Voici tout ce qui reste de lui. C'était un brave guerrier, les dieux ont préféré le rappeler à eux.

Érik serre les poings et grogne:

— Qui a osé tué mon fils? Quel est le lâche qui l'a trahi? Je le...

— Il n'y a aucun lâche parmi nous, l'interrompt Herjulf.

— Alors, comment est-il mort? hurle Érik.

Leif réalise que son père est prêt à sauter sur Herjulf. Il s'interpose entre les deux.

— Père, nous manquons à nos devoirs d'hospitalité. Ces hommes ont fait une rude traversée pour nous prévenir. Il faut les inviter à prendre place à notre table, ensuite, ils nous expliqueront ce qui est advenu de Vald.

Érik soupire, puis, d'un geste de la main, il leur offre de s'installer. Un terrible silence fige les invités de la noce. Se peut-il qu'un si grand malheur soit possible et brise les réjouissances de la fête? Herjulf mange peu, mais avale d'une gorgée son gobelet empli de bière avant de raconter.

— Tu avais raison, Leif, de dire que la Terre-des-Vignes est un merveilleux pays, mais ce que tu ignorais, c'est qu'elle est déjà peuplée par des hommes différents de nous. Après avoir exploré l'endroit pendant un certain temps, et nous être installés sur un magnifique promontoire dominant l'océan, ils nous sont apparus un soir, juste après le coucher du soleil. Habilement cachés dans la forêt, nous les distinguions à peine. Toute la nuit, nous les sentions autour de nous sans pouvoir jamais en attraper aucun. Au matin, nous avons réalisé qu'ils étaient une cinquantaine.

«Si vous les aviez vus, semblables à des malins esprits, pas très grands, le teint foncé, le crâne presque entièrement rasé avec seulement de longues touffes de cheveux noirs hérissés sur le dessus de leurs têtes. Pour tout vêtement, ils n'ont que quelques peaux de bêtes enroulées sur eux.

«Au début, ils ne faisaient que nous observer silencieusement. Vald ne pouvait pas supporter cela, d'un commun accord, nous les avons attaqués. Si vous aviez entendu leurs cris de guerre. Ils sont terribles, armés de flèches à la pointe en pierre et de gros cailloux attachés à des bouts de bois, ils ratent rarement leur cible. Mais à ce jeu-là, nous sommes aussi forts qu'eux. Nous nous sommes battus jusqu'à ce qu'ils prennent la fuite. C'est alors que j'ai réalisé que Vald et 12 de nos hommes avaient été mortellement touchés. Nous avons enterré les morts et j 'ai donné l'ordre de monter à bord du navire.

«Un peu plus tard, pendant que nous discutions sur la décision à prendre, ces êtres... rabougris sont revenus en plus grand nombre. Cette fois, ils étaient plus d'une centaine à lancer leurs flèches sur nous. En éloignant le bateau du bord, nous étions à l'abri jusqu'à ce qu'ils mettent à l'eau de toutes petites embarcations, aussi légères que fragiles. Le choix n'a pas été difficile, nous avons quitté le pays, ils étaient beaucoup trop nombreux pour nous. Voilà, vous savez tout.»

Érik réfléchit quelques instants, puis demande:

— Le *knorrar* de mon fils, est-il en bon état?

— Oui, la traversée a été bonne.

— Parfait! Après-demain, moi, mes fils et tous ceux qui se sentent suffisamment braves, nous partirons pour cette terre. Il n'est pas question que je laisse le corps de Vald et de ses compagnons dans ce maudit pays. Par le grand Thor, Vald sera enterré ici. Qui consent à m'accompagner?

— Moi, père, accepte Stein avec empressement, nous devons bien cela à Vald.

L'un après l'autre, une vingtaine d'hommes se joignent à eux. Sans rien dire, Leif les écoute promettre leur aide. Érik se tourne finalement vers lui.

— Je te trouve bien silencieux, mon fils. N'es-tu pas d'accord avec nous?

— Je ne vois pas ce que cela apportera à mon frère, soupire Leif. Il est mort et personne ne peut lui redonner vie. Son cadavre pourrira là-bas aussi bien qu'ici.

— Quoi? Comment oses-tu dire une telle chose? s'exclame Érik en attrapant son fils par l'épaule et en le secouant rudement.

Stein se glisse entre eux pour les séparer.

— Père, je t'en prie, calme-toi. Je suis convaincu que Leif n'a pas voulu insulter la mémoire de Vald. J'ai plutôt l'impression qu'il se donne une défaite pour ne pas quitter sa jeune épouse. Je le comprends.

— Leif, je te donne deux jours pour changer d'idée, lance Érik.

— Je ne reviendrai pas sur ma décision.

Érik pousse un cri de rage, traite son fils de tête de mule et sort en bousculant tout devant lui. Leif se retourne et voit sa mère qui pleure en silence en serrant dans ses bras son petit-fils, Thorgils. Il s'approche d'elle et lui explique:

— Il est trop tard pour entreprendre un tel voyage. L'automne débutera bientôt et la mer deviendra dangereuse. L'été prochain, peut-être...

Péniblement, la pauvre femme retient ses sanglots. Que va donc faire Érik à la Terre-des-Vignes? Pour une question d'honneur, il rapportera quelques cadavres, mais son fils, son Vald vivant, ne reviendra jamais. Alors, à quoi bon, ce long voyage? Leif a raison, ça ne sert à rien.

8

Le matin du départ, Gudrid dépose dans un petit coffre les vêtements indispensables pour une telle aventure. Son père et Stein ont bien tenté de la faire changer d'idée, mais, têtue, elle tient absolument à accompagner son mari à la Terre-des-Vignes. Tous les trois, ils se rendent au *knorrar* de Leif.

Pendant que les marins se préparent, Bjorn fait ses recommandations à son gendre: qu'il veille à tout instant sur Gudrid et, surtout, qu'il ne la laisse pas s'exposer inutilement aux dangers de l'expédition. Puis, il s'accoude sur le bord du navire et surveille l'arrivée d'Érik. Celui-ci n'a pas remis les pieds chez lui depuis le soir de la noce. Sa colère contre Leif était trop grande.

Un galop de cheval attire l'attention de Stein. C'est son père, Érik, qui approche. À voir l'allure de sa monture, il semble que sa fureur soit toujours aussi grande. Le cheval saute un mur de pierres, mais son cavalier fait un mauvais mouvement qui le projette au bas de sa selle. Leif accourt pour aider son père à se relever, mais est accueilli par des jurons et des cris.

Érik doit se rendre à l'évidence, il est incapable de se mettre debout. Leif l'examine et réalise qu'il s'est cassé une côte et démis l'épaule. De plus, une cheville le fait souffrir et enfle à vue d'œil.

— Père, je crois bien que Thor, lui-même, ne désire pas que tu entreprennes ce voyage, dit Leif.

— Que la peste vous emporte, toi et Thor, jure Érik. Ça t'amuse de me voir dans cet état, n'est-ce pas?

— Non, je ne t'ai jamais voulu de mal, tu le sais bien. Sois raisonnable, tu ne peux partir ainsi.

— Je sais. Ce qui m'enrage le plus, c'est que l'expédition est à l'eau.

— Non, moi, j 'irai quand même, intervient Stein. Inutile d'essayer de m'en dissuader, Leif, je dois le faire.

L'attitude calme et décidée du jeune impressionne ceux qui assistent à cette scène. Aussi, tous les hommes qui devaient entreprendre la traversée, demeurent fermes dans leur décision. Les premiers soins appliqués à Érik, Stein, sa femme et ses compagnons montent à bord pour le grand départ.

Leif les suit sur le pont, s'approchant de son frère, il le serre dans ses bras et lui dit:

— Puisque rien ne t'arrêtera, il vaut mieux que tu saches, que la route n'est pas facile à ce temps de l'année. Tu risques de croiser des icebergs. Dirige-toi d'abord, face à l'ouest, et dès que tu verras la terre, longe la vers le sud. Si aucun vent contraire ne te fait changer de direction, tu atteindras sans problème mon campement à la Terre-des-Vignes. Mais méfie-toi des glaciers qui suivent la mer, ils sont beaucoup plus énormes qu'ils n'en ont l'air.

— Ne t'inquiète pas, je ramènerai ton bateau.

— C'est surtout à toi et à Gudrid que je pense. Au revoir.

Sur ces paroles, il embrasse Gudrid et descend à terre. Bjorn salue sa fille d'un geste de la main. Érik lance un cri d'encouragement à tous les voyageurs. L'ancre est remontée, les rameurs s'installent et Stein manœuvre le gouvernail. Lentement, le navire s'éloigne du bord. Ce n'est qu'à la sortie du fjord que le mât est dressé et la voile hissée. Le grand vent du large pousse vivement l'embarcation.

Gudrid n'a qu'un regret, c'est de n'avoir pas eu le temps de faire plus ample connaissance avec sa belle-sœur, Thorgunna. Elle ressent aussi une certaine crainte, sa dernière expérience en bateau n'a pas été une réussite complète. Elle se souvient encore des difficultés qu'elle avait affrontées. Stein, qui semble la comprendre, l'appelle à lui. Il passe un bras autour de sa taille et l'encourage.

— Le voyage ne sera pas très long, tu verras. Le vent est bon et il fait chaud. Nous serons vite de retour. Elle lui sourit, car elle veut croire en ses paroles. Pourtant, au fond d'elle-même, une petite voix murmure une complainte.

○

Un brouillard épais et dense s'est abattu sur la mer. Impossible de distinguer quoi que ce soit. Même le vent semble incapable de traverser ce nuage opaque. Le navire n'avance plus. Par prudence, Stein a fait baisser la voile. Silencieux, les hommes attendent et scrutent les alentours dans l'espoir de trouver un signe indiquant le chemin à suivre.

Mais rien, rien de plus qu'hier ou avant-hier, car cela dure depuis trois jours. Un homme, placé à l'avant, se lève et s'approche du plat-bord. Il tend l'oreille et s'écrie:

— J'entends un bruissement. Je suis certain qu'il y a quelque chose droit devant. Ça se dirige sur nous.

— C'est peut-être un autre bateau? suggère un deuxième marin.

Stein prend sa corne d'appel et souffle dedans. Le bruit qu'elle émet, revient rapidement en écho. Stein répète son signal.

— Stein, crie un homme, ça se rapproche toujours. Attention, nous risquons de le heurter.

— Tout le monde aux rames, ordonne Stein en poussant le gouvernail pour dévier le navire vers la droite.

Les hommes s'installent à leur poste et forcent autant qu'ils le peuvent. Le bateau oblique lentement à droite. Soudain, une gigantesque forme sombre se dessine dans le brouillard. C'est un iceberg qui fonce sur eux.

— Gudrid, commande Stein, tiens la barre dans cette direction. Ne la lâche surtout pas. Tous les hommes de bâbord, continuez de ramer. Les autres avec moi, il faut pousser.

Sans dire un mot, chacun exécute sa tâche. Ceux qui n'avironnent pas, se servent de leur rame comme d'un bélier qu'ils tiennent droit devant eux pour frapper sur l'énorme bloc de glace. Peut-être ainsi éviteront-ils au bateau d'entrer en contact direct avec lui? Le choc est violent et plusieurs marins en perdent l'équilibre, mais ils se relèvent aussitôt et recommencent.

Crispée sur le bras du gouvernail, Gudrid sent la coque du navire se soulever en frottant sur le glacier. Quel horrible bruit que ce grattement qui résonne sous ses pieds! À tout instant, elle craint que le *knorrar* ne se déchire et s'ouvre, plongeant ses passagers dans les ténèbres de l'océan. Elle ferme les yeux et murmure des paroles où se mêlent des prières et des runes.

Le bateau craque, vacille, mais ne se fend pas. Il glisse lentement sur la glace submergée de l'iceberg. Quand celui-ci est passé, un remous fait basculer dangereusement le *knorrar*. Le calme revenu, les hommes poussent une clameur de joie, mais la partie n'est pas gagnée. Le brouillard se transforme en pluie. Le vent se lève.

Stein fait hisser la voile, pour peu de temps, hélas! C'est un vent de tempête qui les secoue maintenant. Il leur faut ramer. Deux hommes ayant été blessés en repoussant l'iceberg, Stein s'installe à une rame et Gudrid garde le contrôle de la barre.

La mer est de plus en plus houleuse et ne laisse que peu de chance aux marins. Gudrid a l'impression que le navire recule, tourne en rond et manque de chavirer. Trempée de la tête aux pieds, elle s'accroche désespérément au gouvernail et tente de maintenir le cap. Les hommes tirent sur leur rame en poussant des cris sourds ou des soupirs.

La nuit s'installe peu à peu. Il fait noir, mais les marins rament toujours pour s'éloigner de la tempête. Gudrid sent la fatigue l'engourdir, elle résiste de son mieux au sommeil. Ses yeux se ferment malgré elle, quand soudain une vague la frappe en plein visage. Sous le coup, elle lâche le gouvernail et tombe par terre.

Toussant et crachant l'eau qu'elle a avalée, elle se relève et reprend sa place. Son corps suit le balancement du navire, tout bascule autour d'elle et la jeune femme se sent sombrer dans un grand trou noir.

Lorsqu'elle se réveille, elle est couchée près de Stein, roulée dans sa peau d'ours imbibée d'eau. Son mari guide le navire sur une mer calmée. Il n'y a plus ni brouillard, ni pluie, ni tempête. Seulement, un doux vent qui les pousse doucement.

Gudrid se lève en claquant des dents.

— Tu as froid, ma belle amie? demande Stein.

— Non, dit-elle en frissonnant.

— C'est un piètre mensonge, mais ne t'en fais pas. Tu pourras bientôt te réchauffer. Regarde!

Il pointe du doigt l'horizon. Gudrid y aperçoit une montagne.

— C'est ça, le nouveau monde! s'écrie-t-elle.

— Non, c'est la Verte-Terre.

— Je ne reconnais pas l'endroit. Tu es bien certain?

— Oui, c'est un établissement plus au nord-ouest de celui que tu connais.

— Nous allons nous y reposer avant de continuer le voyage? demande-t-elle.

— Non, nous y passerons l'hiver. Leif avait raison, il est trop tard pour traverser la mer.

Il se tait et fixe l'océan droit devant lui. La fatigue, et encore plus la déception, se lisent sur son visage.

9

Stein a abordé au Fjord-de-la-Morue, près de la ferme d'un homme surnommé Le Noir. Sa femme, Sigrid, s'est empressée d'aider Gudrid. La jeune femme faisait pitié à voir à son arrivée. Tremblante sous ses vêtements mouillés, elle n'était pas la seule à souffrir du froid et de la faim. Tous les hommes de l'équipage étaient aussi faibles qu'elle.

Le Noir, un ancien ami d'Érik, leur a fait bon accueil et a installé tout le monde dans sa grande demeure. Sigrid est heureuse d'avoir une jeune invitée auprès d'elle. Habitant seule avec son mari et quatre esclaves, elle n'a pas souvent l'occasion de fréquenter d'autres femmes, car leur domaine est éloigné de tout. Gudrid s'est vite liée d'amitié avec cette femme pleine d'énergie et de joie de vivre. L'hiver s'annonce agréable.

Stein oublie ses projets de voyage et participe avec ses hommes à la vie de la ferme. La chasse à l'ours et au renard occupe une grande partie de leur temps. Les deux femmes tannent les peaux et en confectionnent couvertures ou vêtements.

Un matin, un des hommes de Stein ne se lève pas. Allongé sur son lit, il grelotte. Gudrid l'examine et réalise qu'il est brûlant de fièvre. Il a de la difficulté à respirer et tousse un peu. Tout son corps est endolori, comme s'il avait dû fournir un effort quelconque.

Gudrid est perplexe. De quelle maladie, peut-il bien souffrir? Elle lui prépare des tisanes et applique des feuilles de l'herbe à la fièvre sur sa poitrine. Cela ne donne aucun résultat. La température du malade monte toujours. Pendant de longs moments, il perd conscience. Quand il revient à lui, il délire, raconte qu'il est allé au pays des morts.

L'inquiétude grandit à la ferme lorsque l'un des esclaves de Le Noir devient malade à son tour. Le mal est contagieux. Une semaine plus tard, sept hommes sont atteints, et le premier malade est mort. Le sachet d'herbes de Gudrid diminue. De toute façon, à quoi servent-elles, ces plantes, puisqu'elles ne parviennent pas à guérir? Découragée, Gudrid doit admettre qu'elle ne peut rien contre ce terrible mal.

Il semble que personne ne sera épargné, Sigrid et Stein ont déjà les premiers symptômes. Un soir, Sigrid demande à Gudrid de l'aider et de la conduire à l'extérieur pour qu'elle puisse soulager sa vessie. Au retour, Sigrid refuse d'avancer vers la porte.

— Je ne peux pas, hurle-t-elle. Ils m'empêchent de passer.

— Mais il n'y a personne, dit Gudrid pour la rassurer.

— Regarde! Ils sont là, les morts sont là. Ils viennent me chercher.

«Pauvre femme, pense Gudrid. Elle délire et a des visions.»

— Je vais les chasser, dit-elle à voix haute.

Ramassant un bout de bois, elle fouette l'air et ordonne aux spectres de s'éloigner. Puis elle dit:

— Voilà, ils sont partis, nous pouvons entrer.

Elle soutient Sigrid qui n'offre plus de résistance. Dans la maison, elle l'installe confortablement et raconte à Stein et à Le Noir ce qui s'est passé. Stein hoche la tête.

— Je... je la comprends, avoue-t-il. Quand la fièvre monte, j'ai parfois l'impression de planer dans les airs, de ne plus faire partie de ce monde. Je ne me fais pas d'illusion sur mon état. Gudrid, je vais me coucher, je suis fatigué. Demain matin, je te parlerai.

Il se rend lentement à son lit et s'endort presque aussitôt. Gudrid et Le Noir veillent leurs malades. Au matin, Sigrid meurt sans avoir repris conscience. Sans un mot, sans une larme, Le Noir enroule le corps de sa femme dans une chaude couverture de laine, puis la transporte au petit bâtiment servant de charnier, derrière la ferme. Dix autres morts y sont déjà. Au printemps, il creusera une fosse et les enterrera.

À l'intérieur de la maison, Stein se réveille et cherche des yeux sa femme. Gudrid lui prend la main et le réconforte:

— Ne t'inquiète pas, tu iras bientôt mieux.

— Elle est morte, n'est-ce pas? Je sais, elle me l'a dit dans mon sommeil. Dans peu de temps, j'irai la rejoindre.

— Ne dis pas cela, proteste Gudrid les yeux pleins de larmes.

— Ne pleure pas, c'est inutile. Écoute plutôt. J'ai bien réfléchi et je crois que... Enfin, c'est difficile à avouer. Quand j'ai entrepris le voyage à la Terre-des-Vignes, je pensais sincèrement rendre un service à mon frère. Je me trompais, je ne pensais qu'à moi. Moi, je ne voudrais pas être enterré loin de ma terre natale. Vald, lui, ça lui était bien égal, mais je n'ai pas voulu comprendre cela. Je ne songeais qu'à ma façon à moi de voir les choses. Je suis bien puni. Pardonne-moi cette terrible épreuve dans laquelle je t'ai embarquée.

— Je n'ai rien à te pardonner. J'étais fière de voyager avec toi.

Stein sourit, et murmure:

— Veux-tu faire un dernier voyage avec moi? Quand le beau temps sera revenu, ramène mon corps à la Raide-Pente. C'est là que je veux prendre mon dernier repos.

— Bien sûr! Enfin, si je suis encore vivante.

— Tu survivras, je le sais. Ne crains rien.

Il soupire, ce qui provoque une quinte de toux. Refusant de se nourrir, il se rendort péniblement. Deux jours plus tard, Stein ne respire plus.

○

Les glaces fondues, Gudrid, Le Noir et sept survivants embarquent sur le *knorrar* et descendent vers la Raide-Pente. La maladie a disparu subitement, épargnant les derniers habitants de la ferme. Le navire suit lentement la côte. Heureusement, le voyage n'est pas long, en quelques jours, ils atteignent leur destination.

La gorge nouée, Gudrid est incapable de parler. C'est Le Noir qui raconte toutes leurs épreuves. En voyant le cercueil de son fils, Érik comprend l'absurdité de la folle expédition. Se sentant coupable, il se tait. Bjorn serre sa fille dans ses bras, Leif tente de la consoler. Mais rien ne sort d'elle, ni mots, ni larmes. Elle se laisse guider par son père vers leur demeure, à la Pointe-du-Bâton. Là, dans ses objets familiers, la routine reprend ses droits.

Sans penser, elle accomplit les gestes de la vie quotidienne. Préparer la nourriture, nettoyer, tisser et recommencer, mais surtout ne pas penser. C'est le seul moyen de chasser la douleur.

Son père, Leif, Thjodild et les autres ne la reconnaissent plus. Elle, si gaie et pleine d'entrain, la voilà qui déambule comme une demi-morte, muette... Thorgunna et Freydis la visitent régulièrement et tentent de la divertir, mais sans résultat.

L'été passe sans qu'elle le voie. À l'automne, Un navire marchand, ayant à son bord une quarantaine d'hommes, accoste dans le fjord. Le capitaine du bateau est Thorfinn, un jeune homme d'une vingtaine d'année. En compagnie de son ami Snorri, il est accueilli par Érik.

Thorfinn échange sa marchandise contre des fourrures, des peaux et même des faucons qui sont très recherchés par les pays du Sud pour la chasse. Des piles de tissus, des barils de vin, du bois et divers autres articles sont descendus du navire pour les habitants de la Verte-Terre.

Ne désirant reprendre la mer qu'après l'hiver, Thorfinn demande l'hospitalité à Érik qui accepte généreusement. Tout l'équipage est logé dans deux vastes maisons qui lui appartiennent. Thorfinn, lui, habite dans la propre demeure d'Érik. Son invité se montre agréable, racontant avec humour ses nombreux voyages, toujours prêt à aider aux travaux de la ferme ou de la chasse.

Un jour, alors qu'ils reviennent de la pêche, Thorfinn, Snorri et Leif croisent Gudrid sortant de la maison d'Érik. Leif propose à la jeune femme de la reconduire chez elle. Gudrid refuse d'un geste de la tête et poursuit sa route. Thorfinn, intrigué de voir un si joli visage marqué par tant de tristesse, la suit du regard tout en marchant. Il ne voit pas le tonneau vide devant lui, s'y accroche les pieds et tombe tête première dans la neige.

Gudrid se retourne et voit le jeune homme étendu par terre, ses poissons éparpillés autour de lui. Devant l'air dépité de Thorfinn, elle ne peut retenir un sourire. Puis, elle s'éloigne vivement.

— Il faut toujours que tu te fasses remarquer, raille Snorri en aidant Thorfinn à ramasser ses poissons.

— Je m'arrange surtout pour avoir l'air ridicule. Tu as vu comme ça l'amusait. Elle a dû me prendre pour un bouffon.

— Je crois que c'est la meilleure chose qui pouvait arriver, déclare Leif.

— Que j'aie l'air d'un bouffon? s'étonne Thorfinn.

— Oui, c'est la première fois qu'elle sourit depuis la mort de mon frère. Ils étaient mariés depuis quelques mois à peine quand il a succombé à une épidémie. Maintenant, elle ne parle plus, ne rit jamais. Elle a terriblement changé.

— Tu devrais abandonner le métier de marchand, se moque encore Snorri, et devenir amuseur public. Tu as un talent fou.

Thorfinn prend une poignée de neige et la lance à la figure de Snorri qui en fait autant. Ce combat attire rapidement plusieurs enfants qui entrent dans le jeu. Une bataille rangée de balles de neige a lieu sur le bord du fjord. De l'autre côté, Gudrid les observe. Elle soupire et entre chez elle. Du coin de l'œil, Thorfinn n'a pas perdu un seul de ses gestes. Il se promet bien de faire plus ample connaissance avec la jeune veuve.

L'occasion se présente lors de la fête du dieu Jol. Voulant absolument participer à la préparation de l'événement, Thorfinn fournit du malt et du grain pour la bière et le pain. De plus, il sait que Gudrid connaît les secrets de préparation de l'hydromel, une boisson à base de miel, Leif lui en a déjà parlé.

C'est pour cela qu'un bon matin, il se présente à la demeure de Bjorn avec deux cruches de miel. Gudrid le reconnaît et le salue d'un geste de la tête. Il explique à Bjorn ce qu'il désire de sa fille.

— Qu'en dis-tu, mon enfant? demande Bjorn à Gudrid. Crois-tu avoir le temps de fabriquer cette boisson avant la fête?

Gudrid réfléchit, puis hoche la tête en murmurant un faible «oui». Vraiment, pense Thorfinn, elle ne parle pas beaucoup.

— Merci, ajoute-t-il à voix haute. C'est une surprise pour le seigneur Érik. Il est très généreux avec mes hommes et moi-même. Je vous serais très reconnaissant de garder ceci comme un secret entre nous.

Gudrid hoche de nouveau la tête. Bjorn soupire de tristesse devant le peu d'enthousiasme de sa fille.

— Vous pouvez compter sur nous. Ni moi, ni ma fille n'en parlerons à personne.

— Je suis votre obligé, seigneur Bjorn, dit Thorfinn. Si vous désirez quoi que ce soit... D'ailleurs, j'ai amené avec moi quelques objets qui feraient peut-être l'affaire de votre fille. Ils sont là dehors, sur mon traîneau.

D'un geste, il les invite à sortir et examiner sa marchandise.

— Bonne idée, accepte Bjorn. Viens voir, Gudrid.

À contrecœur, la jeune femme met un manteau sur ses épaules et suit les deux hommes dehors. Thorfinn soulève la couverture qui recouvre son traîneau et exhibe différents articles: vases de cuivre, plats d'argent finement gravés, larges bandes de soie de toutes les couleurs, bijoux de toutes sortes. Au choix qui leur est offert, Bjorn constate rapidement que le jeune homme cherche à plaire à sa fille. Mais celle-ci, ne semble attirée par aucun de ces cadeaux.

Bjorn décide donc pour elle: le tissu bleu et un bracelet d'or. Thorfinn ajoute à cela, une longue broche en argent sertie d'une pierre bleue. Il précise:

— Cela me ferait plaisir, si vous la portiez pour la fête.

Gudrid lève des yeux surpris et le fixe. Confus, il recule pour prendre congé d'eux, mais bute sur le patin de son traîneau et tombe par terre.

Gudrid s'esclaffe:

— C'est une habitude chez vous!

— Voyons, Gudrid! gronde Bjorn. Ne ris pas de lui, il aurait pu se blesser.

— Ce n'est pas grave, intervient Thorfinn. Je suis trop heureux de voir votre fille sourire, pour me plaindre. Alors, c'est entendu, je reviendrai la veille de la fête chercher l'hydromel.

Il les remercie et guide son attelage vers la maison d'Érik. Bjorn observe Gudrid. Elle a les joues rouges et les yeux plus brillants qu'à l'ordinaire. Il lui dit doucement:

— Dommage que tu n'aies pas le temps de te faire une robe avec ce beau tissu pour la fête de Jol. Le bleu te va si bien.

Gudrid caresse la soie du bout des doigts. En s'y mettant tout de suite, peut-être que...

10

Délaissant sa tristesse, Gudrid décide de mettre fin à son deuil. Lors de la fête, elle se montre agréable et ouverte. Elle n'affiche pas une joie débordante, mais elle est aimable et souriante avec tous. Vêtue de la robe bleue qu'elle a terminée juste à temps, Thorfinn la trouve irrésistible.

Il admire son attitude calme et douce. De son côté, elle doit bien s'avouer qu'elle n'est pas tout à fait insensible aux attentions du jeune homme. Depuis le matin où il lui a apporté le miel, elle l'a souvent revu. Chaque jour, il a rendu visite à Bjorn et Gudrid, invoquant des prétextes quelconques. À chaque fois, il restait un peu plus longtemps, racontant des histoires ou offrant son aide.

Gudrid est surprise. Oui, surprise de ne pas se sentir coupable d'éprouver autant de sympathie pour un autre homme, si peu de temps après la mort de son mari.

Il est vrai que son mariage a été si court, cinq mois à peine. Elle avait beaucoup d'affection pour Stein, mais était-ce vraiment de l'amour? Elle ne ressentait aucune passion folle pour lui. Elle le trouvait simplement gentil et très bon. Tandis que Thorfinn...

À tout moment, elle jette un regard en sa direction. Elle se sent étrangement attirée. Il n'est pas très grand, mais il donne l'impression de dominer tout le monde. Cela vient de l'énergie qui se dégage de lui quand il parle ou bouge. Ses yeux bleus sont vifs et animés. Sa crinière blonde se mêle à sa barbe. Ses mains sont larges et toujours chaudes.

Assis à l'autre bout de la salle, il discute avec Bjorn et Érik. Il se retourne souvent pour la regarder. Il fait un geste pour se lever, mais Bjorn le retient. C'est lui qui se lève et rejoint sa fille.

— Il faut que je te parle, commence-t-il.

— Tu sais bien que je suis toujours prête à t'écouter, père.

— Alors, j'espère que tu écouteras mon conseil. C'est à propos de l'invité d'Érik, Thorfinn. Il... il souhaiterait que lui et toi... Enfin, tu vois ce que je veux dire.

Gudrid constate que son père est toujours aussi mal à l'aise quand il s'agit de choisir un prétendant pour sa fille. Elle lui demande:

— Et toi, qu'en penses-tu? Est-ce une bonne chose?

— Le garçon me plaît.

— Ce n'est pas trop tôt? Il n'y a que quelques mois que Stein a disparu.

— Érik est d'accord. Il croit même qu'il n'est pas bon pour une jeune femme de rester trop longtemps seule. Il a peut-être raison. Mais ce qui importe le plus pour moi, c'est de te voir heureuse.

Gudrid sourit et lui serre la main. Elle a le meilleur père au monde. Son accord étant donné, la date du mariage est rapidement fixée. Avant la fin de l'hiver, Thorfinn habitera dans la maison de Bjorn avec Gudrid, sa jeune épouse.

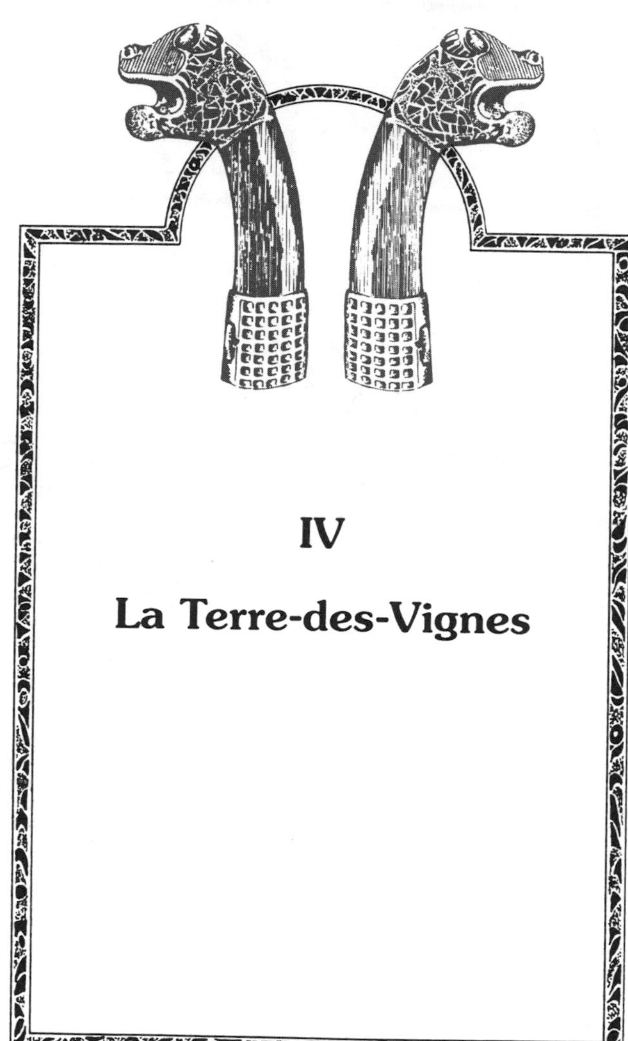

IV

La Terre-des-Vignes

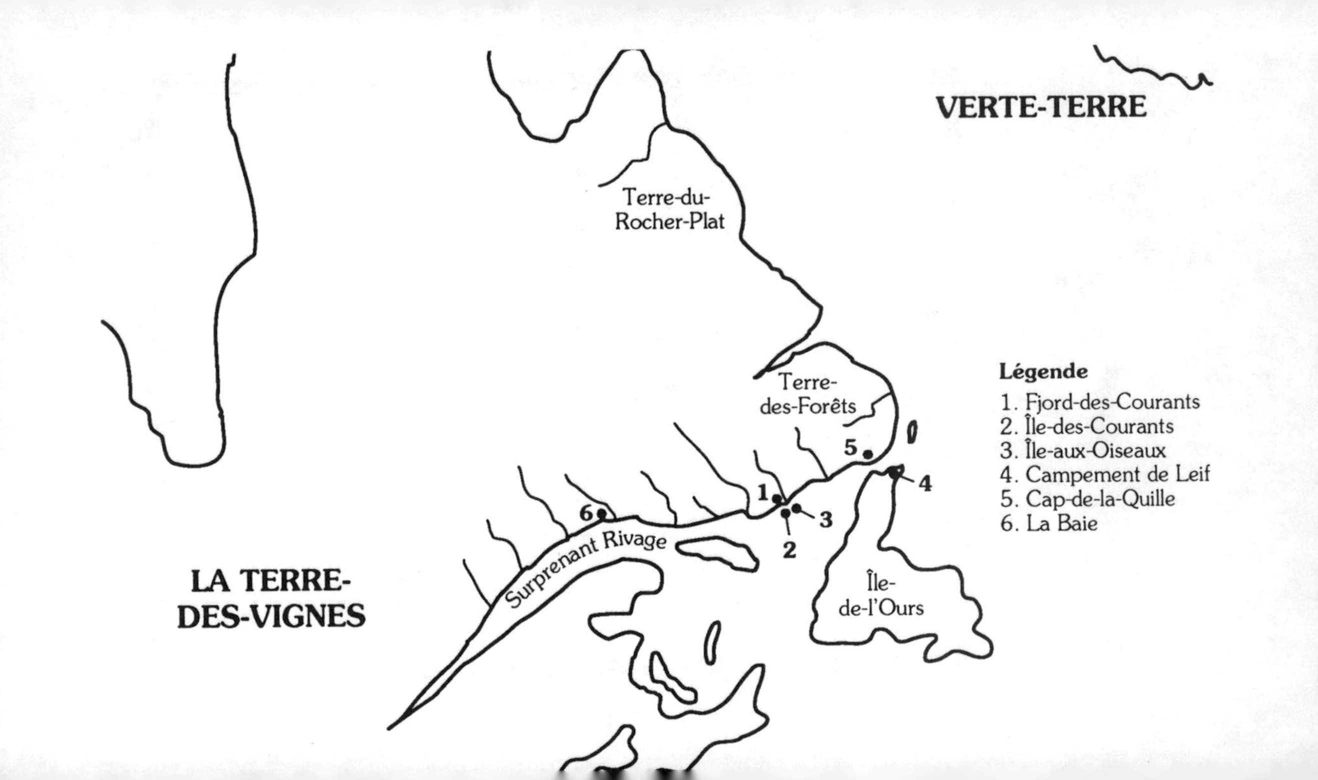
VERTE-TERRE
Terre-du-
Rocher-Plat
Terre-
des-Forêts
Légende
1. Fjord-des-Courants
2. Île-des-Courants
3. Île-aux-Oiseaux
4. Campement de Leif
5. Cap-de-la-Quille
6. La Baie
1
2
3
4
5
6
Île-
de-l'Ours
Surprenant Rivage
LA TERRE-
DES-VIGNES

1

L'esprit aventureux de Thorfinn est plus fort que tout. Durant les longues nuits d'hiver, il a entendu les récits de Leif sur son voyage à la Terre-des-Vignes. Il l'a interrogé, a tracé une carte de l'endroit, y a mis des points de repère. Il a rencontré la plupart des habitants de la Verte-Terre, suggérant à chacun l'image d'un pays merveilleux. Ses efforts ont porté fruit.

Aujourd'hui, ils sont une centaine d'hommes, et environ 20 femmes prêts à partir pour ce nouveau monde. Trois navires les transporteront. Le premier sera conduit par Thorfinn, le chef de l'expédition. Bjorn, qui ne veut pas tenter l'expérience, a prêté son bateau à Snorri. Et le troisième appartient à Leif. C'est un ami d'Érik, Thorall, qui le dirigera.

Érik se sent trop vieux pour entreprendre l'aventure. D'ailleurs, il boite et son épaule manque de vigueur. C'est un souvenir de son départ manqué de l'an dernier. Leif décide de ne pas quitter son père qui a besoin d'aide pour la ferme. De plus, Thorgunna est de nouveau enceinte. Cette fois, Leif veut être près d'elle pour la naissance de l'enfant.

Toute la marchandise nécessaire à un si long voyage est déjà à bord: nourriture, eau fraîche, fourrures, coffres pleins de vêtements, d'ustensiles de cuisine ou d'outils de charpentier, chaudrons. Bétail et volaille font aussi partie de l'équipée.

La plupart des voyageurs sont jeunes. Ils partent pour s'installer à la Terre-des-Vignes, y fonder une nouvelle colonie. Le départ est gai. Chacun imagine avec joie, la vie merveilleuse qui s'offre à eux.

Il fait chaud, le ciel est bleu à perte de vue et la mer calme. Tous ces signes sont des bons présages. Les hommes rament jusqu'à la sortie du fjord, là, on hisse les voiles. La traversée débute, direction sud-ouest. Ils naviguent ainsi pendant trois jours et trois nuits avant d'apercevoir une terre.

Elle est bien comme Leif l'a décrite, le rivage bordé de grandes pierres plates s'étendant jusqu'à des collines lointaines. Impossible de vivre dans ce pays sans arbres, ni pâturages. Thorfinn tourne donc plein sud et suit cette côte aride pendant plusieurs jours.

Après avoir contourné une large baie, le paysage change. Il est plus plat et recouvert d'une forêt dense. Snorri décide d'aller voir de plus près. Il descend une petite barque à la mer et, avec trois hommes, se dirige vers le rivage.

Tous les arbres sont couverts d'épines plus ou moins piquantes. Ils sont si nombreux que Snorri doit s'y frayer un passage à grands coups de bras. Il entend un chant d'oiseau qu'il ne parvient pas à identifier. Par terre, il trouve des bouts de branches grugés. Il revient aussitôt vers son navire. En passant près de Thorfinn, il lui crie:

— L'endroit ne manque pas d'animaux sauvages, mais pour cultiver, il faudrait se tuer au travail. Allons plus loin!

Ils poursuivent donc leur route, longeant le plus possible le rivage morcelé.

— Tu as vu cela, Gudrid! s'exclame Thorfinn. C'est à croire que les dieux se sont amusés à lancer d'énormes roches à l'eau.

— J'ai renoncé à compter les îles et les écueils que tu as évité. Ils sont trop nombreux, avoue la jeune femme. J'espère aussi que nous ne rencontrerons pas d'iceberg. J'ai eu tellement peur l'an dernier.

— Ne t'inquiète pas, la chance est avec nous. Sais-tu que d'où je viens, les gens m'avaient surnommé «le garçon plein de promesses»?

— Non, pourquoi?

— À ma naissance, mon père m'a pris dans ses bras, il est sorti dehors et m'a présenté à la nature. Au même instant, le nuage qui couvrait le soleil s'est enlevé. Un rayon de lumière m'a éclairé. Ma mère a dit que c'était un signe des dieux. La bonne fortune me sourirait toujours. Jusqu'à présent, elle ne s'est pas trompée. J'ai trouvé la plus merveilleuse des femmes.

Il l'enlace subitement et l'embrasse, au grand plaisir de leurs compagnons de voyage.

La journée s'écoule, puis la nuit et encore une journée. Au soir, ils aperçoivent une grande île au sud-est. Elle est bordée d'une plage de sable. Ils s'en approchent et jettent l'ancre pour y passer la nuit.

Au matin, tous descendent à terre. Les femmes préparent leur premier repas chaud depuis le début du voyage. Gudrid apprécie surtout de se dégourdir les jambes et de respirer un air plus pur. À vivre entassés avec les moutons et les bœufs, des odeurs nauséabondes commençaient à empester le navire.

Pendant que les hommes partent en exploration, les femmes en profitent pour se laver dans la mer. L'eau est froide, mais un bon feu les réchauffe rapidement. Plus tard, ce sera au tour des hommes. La plupart d'entre eux reviennent les bras chargés de trophées de chasse: lièvres, renards roux et un animal à la large queue plate.

Thorfinn et Snorri ne sont pas encore de retour et le soir tombe déjà. Gudrid est inquiète. Elle demande l'aide de quelques hommes et s'apprête à partir à leur recherche quand Snorri arrive en courant.

— Venez vite nous aider, seuls nous n'y arriverons pas. Il est beaucoup trop lourd.

Il repart en sens inverse sans plus d'explication. Serait-il advenu un malheur à Thorfinn? Gudrid se précipite avec plusieurs hommes, traverse au pas de course un petit bois et aboutit sur le bord d'une rivière. Confortablement assis sur un gros objet blanc, Thorfinn arbore un sourire de vainqueur.

— Je l'ai abattu tout seul, à coups de couteau.

— C'est vrai, approuve Snorri.

L'arme de Thorfinn est encore plantée dans le cou d'un ours blanc adulte. Le héros de cette chasse raconte qu'il a vu de loin, l'ours remonter la rivière au moment où lui-même s'y arrêtait pour boire. Préférant ne pas affronter l'animal, il a grimpé dans un arbre dans l'espoir qu'il ne le verrait pas. Tout se passait bien, jusqu'à ce que Snorri arrive, ignorant la présence de l'ours.

L'énorme bête a fait face à Snorri. Il était évident qu'il voulait en prendre une bouchée ou deux. Snorri parlait doucement à l'animal et reculait lentement. L'ours avançait à pas lourds vers lui. Quand il passa juste en dessous de la branche où Thorfinn était caché, celui-ci lui a sauté sur le dos. Il lui a planté son poignard dans la gorge à plusieurs reprises. L'ours se secouait pour faire tomber son assaillant, mais le jeune homme a tenu bon, agrippé à la fourrure. Il a frappé et frappé, jusqu'à ce que la bête s'effondre sur le sol.

— Et voilà, conclut-il. Nous avons de quoi faire un bon repas.

Gudrid, heureuse qu'il ne soit pas blessé, soupire de joie. Le lendemain, après avoir baptisé l'endroit, l'Île-de-l'Ours, ils embarquent pour suivre de nouveau la côte en face d'eux. Ils font voile pendant une partie de la journée avant de rencontrer un cap. Le rivage est bordé d'une plage et de bancs de sable.

À la rame, ils se dirigent vers le bord et découvrent, sur la presqu'île, une quille de navire rongée par les vagues. Un bateau a donc fait naufrage dans les environs? Voilà la question que se pose Thorfinn. Ses hommes ont beau chercher, ils ne trouvent aucun autre indice de leurs mystérieux prédécesseurs.

Ils repartent, laissant ce «Cap-de-la-Quille» derrière eux. La côte bifurque vers l'ouest. Thorfinn suit cette direction, s'étonnant des belles plages qu'il aperçoit et du nombre incroyable d'îles qu'il croise. C'est Gudrid qui trouve le nom qui convient le mieux à cet endroit: le Surprenant-Rivage.

Ils le longent pendant quelques jours. Plus loin, la côte est coupée de baies. Thorfinn décide d'entrer dans une d'entre elles avec les navires. Là, ils mettent pied à terre pour une deuxième halte. Deux hommes sont envoyés en éclaireurs vers le sud-ouest.

Pendant ce temps, tous les autres voyageurs installent un campement provisoire. Il fait très chaud et tous en profitent pour se lancer à l'eau. Gudrid apprécie ces moments de détente. Le voyage commence à lui peser. À moins que ce ne soit plutôt son ventre qui la fatigue. Car, elle en est certaine maintenant, elle est enceinte.

Thorfinn est très fier de savoir qu'il sera bientôt père, probablement avant la fin de l'automne. Il a hâte de trouver un endroit pour s'établir définitivement. Essoufflés, les deux envoyés reviennent à la tombée de la nuit.

Les nouvelles sont bonnes. L'un rapporte des raisins et l'autre, une tige d'herbe ressemblant à du blé sauvage.

— Nous avons trouvé cela tout près d'un fjord où il y a un fort courant. Sur le bord de l'eau, il y a une petite plaine qui nous a semblé agréable. C'est sûrement un bon endroit pour y vivre.

Ensemble, ils décident que c'est là qu'ils bâtiront leurs demeures. Au lever du jour, ils sont déjà partis pour cet endroit merveilleux. Sortis de la baie, les navires contournent un cap et le fjord apparaît aux yeux enchantés des nouveaux habitants.

Juste à l'entrée du fjord, se tient une grande île. Comme l'avaient annoncé les éclaireurs, le courant est très fort à cet endroit. Thorfinn nomme donc l'emplacement l'Île-des-Courants dans le Fjord-des-Courants.

Les compagnons de Snorri et Thorfinn choisissent de rester sur l'île, tandis que ceux de Thorall, du troisième navire, débarquent sur le rivage du fjord. Ils déchargent les bateaux, libèrent les animaux, séparent la terre en lopins. À l'automne, l'établissement est méconnaissable.

Plusieurs maisons bâties en rondins de bois forment deux villages, celui de l'île et celui du fjord qui se font face. Il est trop tard pour cultiver la terre, mais le pays est beau et donne de nombreux fruits et baies sauvages. Snorri a même découvert une espèce d'épi aux grains jaunes et juteux. Bouillis, ils sont délicieux.

À peu de distance du fjord, Thorfinn et Snorri trouvent une petite île couverte de nids d'eiders. Il y en a tellement qu'ils doivent prendre garde où poser leurs pieds. Ils y font provision de plumes et se promettent d'y revenir prendre des d'œufs à la bonne saison.

2

L'automne est court et pluvieux. Puis, s'installe un hiver beaucoup plus froid qu'ils ne l'avaient cru. Il neige abondamment et le fjord gèle complètement permettant ainsi aux habitants des deux villages de se visiter à pied.

L'enfant de Gudrid tarde à naître. Peut-être la jeune femme s'est-elle trompée en calculant la date? C'est ce dont elle essaie de convaincre Thorfinn. Mais, au fond d'elle-même, sa joie d'avoir un bébé fait place à une sourde inquiétude. Si elle était comme sa mère, incapable de mener à terme un enfant bien vivant? Elle pose ses mains sur son ventre et retient son souffle. Il bouge, elle sent des mouvements brusques. Elle est idiote d'imaginer le pire.

Une nuit, une douleur au bas du ventre la réveille brusquement. Elle retient un cri et cherche son souffle. Ouf! C'est terminé. Elle tente de se rendormir, mais la douleur revient plus forte encore. Cette fois, elle a réveillé Thorfinn. Il s'habille en vitesse et court chercher Yngvild, la femme de Bjarni, son voisin le plus proche.

Bien qu'elle soit mariée depuis de nombreuses années avec Bjarni, Yngvild n'a pas d'enfant. Pourtant elle sait très bien ce qu'il faut faire, car elle a aidé plusieurs femmes à accoucher. On dit même qu'elle est la meilleure pour soulager les ventres gonflés d'une nouvelle vie.

Sans se presser, elle met son manteau et ses bottes, au grand désespoir de Thorfinn.

— Ne te fais pas de souci. La nature est capricieuse et orgueilleuse. Elle aime s'annoncer longtemps à l'avance. Allez, viens, tu vas m'aider.

Le jeune homme retourne chez lui, traînant la femme dans son sillage. À l'intérieur, Gudrid serre les dents pour ne pas se plaindre. Yngvild l'examine et réalise que le travail est très avancé. En si peu de temps, voilà qui l'étonne.

Thorfinn active le feu pour chauffer l'eau, prépare des linges propres, mouille d'eau fraîche le visage de Gudrid. Il se désespère surtout de ne pouvoir l'aider davantage. À tout moment, il s'attend à ce que la sage-femme lui ordonne de sortir. On lui a appris très jeune que les accouchements n'étaient pas l'affaire des hommes.

— Écoute-moi bien, lui explique Yngvild. Normalement, tu ne devrais pas être là, mais dans ce pays, il n'y a pas beaucoup de femmes. Il est possible qu'une autre fois, tu n'en trouves aucune pour aider Gudrid dans une situation pareille. Alors, il ne serait pas mauvais que tu apprennes quoi faire. D'accord?

Bien sûr, qu'il est d'accord. Il ferait n'importe quoi pour sa femme. D'ailleurs, il est trop tard pour refuser, les douleurs de Gudrid se précipitent. Fermant les yeux, la jeune femme obéit aux conseils de l'accoucheuse. Tout se passe très vite. Quand, après de longues minutes, elle reprend son souffle, elle entend des pleurs aigus.

— Il a de la voix, s'exclame Thorfinn en l'enroulant dans une couverture. C'est un gros garçon.

— Voilà un cadeau des dieux qui est arrivé bien rapidement, remarque la sage-femme.

Gudrid claque des dents et frissonne. Elle est incapable de parler.

— Elle va mal, s'inquiète Thorfinn.

— Mais non, c'est tout à fait normal, le rassure Yngvild. Après un tel effort, elle a froid, c'est tout.

Il pose le bébé sur sa femme et les couvre tous les deux d'une épaisse couverture de laine. Le corps chaud de l'enfant calme les frissons de Gudrid. Elle sourit à son mari et murmure un faible merci. Une tisane achève de la revigorer. Thorfinn est plutôt fier d'elle, et de lui.

Snorri, c'est le nom qu'ils choisissent ensemble pour le petit être qui cherche déjà à téter. En l'honneur du meilleur ami de Thorfinn.

3

Quelque temps après, Thorfinn réalise qu'il n'y aura pas assez de provisions pour traverser la dure saison. À la chasse, on ne prend plus rien et les vivres commencent à manquer. Un jour, Thorall disparaît. Snorri et une dizaine d'hommes le cherchent partout. Le lendemain, ils le trouvent couché au sommet d'un immense rocher. Il regarde en l'air, la bouche ouverte, marmonnant des incantations.

— Que fais-tu là? demande Snorri. Es-tu malade?

L'homme ne répond pas. Snorri se penche sur lui et écoute ce qu'il chuchote:

— Thor, mon protecteur, toi dont la barbe rousse illumine le ciel, prouve-nous ta force. Conduis la nourriture de nos corps à nos pieds...

— Il prie Thor, s'exclame Snorri. Laissons-le; quand il aura terminé, il reviendra au campement.

Avant de redescendre, il jette un regard au loin, admirant le paysage. Au pied du rocher, une glace épaisse s'avance sur le bord de la mer. Il remarque à cet instant une grosse forme grise gisant moitié sur la glace, moitié dans l'eau.

— Ça alors! On dirait une baleine échouée. Vite, il faut aller la chercher.

Ils dévalent le rocher et courent, prévenir les villageois. Ensemble, ils poussent des barques sur la neige et s'approchent de l'animal avec précaution. Quand la glace devient trop mince et cède sous leur poids, ils sautent dans leur chaloupe et rament vers la baleine. Elle est morte depuis peu de temps. C'est une véritable aubaine pour les Vikings. Ce soir, il y aura un vrai festin pour tous.

Habilement, ils la dépècent en morceaux dont ils remplissent les barques. Une partie de la viande sera séchée par les femmes pour se conserver plus longtemps. La graisse de l'animal servira pour la cuisson. Fondue, elle permet aussi de traiter les cuirs des bottes.

Du haut de son rocher, Thorall danse et crie de joie en regardant ses compagnons ramener ce cadeau du ciel. Il est convaincu que Thor a répondu à son appel!

4

La neige fond enfin. La glace qui recouvre le fjord se fend et glisse rapidement à la surface de l'eau en direction de la mer. Le jeune Snorri gazouille à longueur de journée, couché sur une peau d'ours. À quatre mois, il peut se vanter d'être le premier habitant né dans ce pays.

La température s'améliorant, les hommes peuvent de nouveau sortir en mer et reprendre la pêche. À la chasse, les bonnes prises ne manquent pas. Les marins reviennent souvent avec de nombreux poissons et des paniers remplis d'œufs de l'Île-aux-Oiseaux.

Pourtant, Thorall n'est pas heureux. Le peu de raisins qu'ils ont découverts sur le rivage, est de mauvaise qualité pour produire le vin dont il rêve. Il est aussi déçu du manque de reconnaissance des villageois à son égard. Il leur a sauvé la vie en implorant Thor. Malheureusement, ses compagnons persistent à croire en ce nouveau dieu pendu à une croix. Il n'arrive pas à les comprendre. Seulement quelques-uns pensent comme lui. Avec eux, il songe à quitter l'endroit, à faire demi-tour à la recherche de la Terre-des-Vignes telle que l'a décrite Leif.

D'après lui, cette terre se trouve plus au nord, avant le Cap-de-la-Quille. Thorfinn croit au contraire qu'il faut aller plus au sud en longeant la côte. Les deux villages se rassemblent pour décider de la direction de l'expédition. Après discussion, on en vient à la conclusion de diviser le groupe en deux. Sur le navire de Thorall, partiront ceux qui pensent comme lui, c'est-à-dire 12 hommes en tout.

Le reste des hommes et les femmes utiliseront les deux autres *knorrars*. Chacun de son côté, on fait ses préparatifs. Thorall part le premier.

Quelques jours plus tard, Thorfinn et Snorri hissent la voile de leurs bateaux. En allant vers l'ouest, la côte devient encore plus belle, les plages plus sablonneuses. Ils croisent beaucoup moins d'îles. Ils naviguent ainsi durant longtemps.

Un matin, ils rencontrent une rivière qui descend des hauteurs et forme un lac avant de se jeter dans la mer. De grands bancs de sable en bordent l'entrée. On ne peut entrer dans cette baie qu'à marée haute. Trouvant le paysage magnifique, Thorfinn entre dans l'embouchure et jette l'ancre. Il fait descendre tout son monde et explore les alentours. Des champs de blé sauvage poussent dans la région basse, tandis que des vignes s'accrochent sur les hauteurs.

La rivière est fertile en poissons à la chair rose ou blanche. De multiples espèces d'oiseaux se nichent dans la forêt ou sur les côtes. Les animaux de toutes sortes ne manquent pas. Les arbres sont grands et solides. Vraiment, c'est l'endroit rêvé pour s'établir. Une existence calme et paisible débute pour Thorfinn et ses amis.

Ils ne rencontrent rien qui pourraient les déranger, sauf... les insectes. Soudain, sans que l'on sache d'où ils viennent, des nuées de moustiques se jettent sur eux. Tantôt, il s'agit de bestioles minuscules et si nombreuses, qu'elles forment un nuage compact et qui vous entrent dans le nez, la bouche ou les oreilles. Parfois, ce sont de grosses mouches noires qui semblent vous mordre la peau.

Jamais Gudrid n'en a vu autant de sa vie. Malgré la chaleur, elle doit toujours couvrir son fils d'une mince toile, seule protection contre les piqûres. Des feux de feuilles vertes brûlent en permanence à l'extérieur, créant un mur de fumée sur la plage. Cela tient éloignés les affreux insectes.

Dans les bois, c'est pire. Les chasseurs reviennent régulièrement avec des enflures sur le visage ou les membres, conséquence désagréable des piqûres.

Quelques semaines après leur arrivée, les mouches disparaissent subitement, comme si elles étaient toutes mortes en même temps. Il en reste bien quelques-unes, mais on ne les voit que le soir, à l'heure où le soleil se couche. Il fait de plus en plus chaud. Plusieurs petits fruits, ou baies sauvages, sont mûrs.

Un matin, de très bonne heure, en allant chercher de l'eau à la rivière, Gudrid voit la baie envahie par une multitude de kayaks. Sur ces embarcations, des hommes agitent de longues perches dans les airs.

En reculant lentement, la jeune femme revient vers sa maison et avertit Thorfinn. Il sort et, en le voyant, les étrangers lancent des cris. Ce bruit attire les autres Vikings. À leur vue, les cris redoublent.

— Qu'est-ce qu'ils veulent? s'écrie Thorfinn.

— Aucune idée, murmure Gudrid, mais rappelle-toi, ce qui est arrivé à Vald. Il a été attaqué uniquement parce qu'il s'est lancé le premier à l'assaut.

— Alors, essayons de leur montrer un signe de paix, suggère Snorri.

Il prend son bouclier blanc et le tient bien en vue pour marcher à leur rencontre. Thorfinn l'imite. Un des étrangers fait un grand signe de la main et tous ses hommes se taisent. Les kayaks approchent de la plage. Ils débarquent et entourent Thorfinn et Snorri qu'ils examinent avec étonnement. Celui qui semble leur chef va même jusqu'à toucher les cheveux et la barbe de Thorfinn. Puis il tâte leurs vêtements en criant.

Il est évident qu'il n'a jamais vu de tissu. Lui et ses hommes sont entièrement habillés de peaux de bêtes. Ils ont la peau sombre et l'apparence chétive, de grands yeux bruns et de larges pommettes. Snorri ne peut s'empêcher de trouver leurs cheveux laids.

Aucun Viking n'ose bouger, de peur que les intrus, plus nombreux qu'eux, ne les attaquent. Gudrid retient son souffle en serrant son enfant dans se bras. Un homme voit le bébé et va vers elle. Il caresse ses longs cheveux blonds, puis tente de prendre le petit Snorri. C'en est trop, Gudrid explose. Elle donne une petite tape sur la main de l'étranger et le sermonne:

— Qu'est-ce que c'est que ces manières? Est-ce que je vous tripote partout, moi? Je vous interdis de toucher à mon bébé.

L'homme fige sur place, puis recule jusqu'au kayak. Son chef fixe Gudrid, puis dit quelques mots. Tous ses hommes partent à rire. Avec sa perche, il frappe ensuite un coup sur le bouclier de Snorri et un autre sur celui de Thorfinn. Il remonte dans son kayak et tous ses hommes font de même. Ils quittent la baie et se dirigent vers le sud.

— Quelle espèce d'hommes est-ce là? s'exclame Snorri après leur départ. Le nom de «Rabougris» leur convient parfaitement.

Lui et Thorfinn sont rapidement entourés de leurs compagnons. Gudrid embrasse son mari qui prend son bébé dans ses bras.

— Il faudrait penser à notre protection, suggère-t-il. Aujourd'hui, ils ne nous ont fait aucun mal, mais qui sait, un autre jour...?

— Tu as raison, approuve Gudrid. On pourrait établir notre campement là, sur les hauteurs qui dominent le lac. Ainsi, on les verrait venir.

— Bonne idée, dit Snorri. De plus, en construisant une palissade tout autour, on serait à l'abri d'attaque éventuelle. Ça n'empêcherait pas le bétail de rester en bas dans les champs.

La proposition est acceptée de tous. Les hommes abattent des arbres dont ils font des madriers dégrossis ou des rondins qu'ils utilisent soit pour les murs des maisons ou pour la haute clôture.

Les femmes déménagent leurs affaires sur la colline. Tout l'été et l'automne, ils le passent à s'établir de façon permanente. À l'hiver, chacun a une petite maison.

Les étrangers ne sont pas revenus, et c'est tant mieux. La vie s'écoule calme et paisible. Même l'hiver est bon. Très peu de neige est tombée et le temps est doux. Le bétail peut se nourrir en plein air, sans problème.

5

Au grand plaisir de Thorfinn, la colonie grandit, car sept femmes ont eu des enfants et trois autres sont enceintes. Malheureusement, tout le monde ne semble pas aussi heureux. En effet, car s'il y a 20 hommes mariés dont certains sont pères, il y en a 60 autres forcés de rester célibataires.

La plupart d'entre eux avaient au départ l'espoir de trouver une compagne dans ce nouveau pays. Mais, après avoir vu à quoi ressemblent les hommes de la Terre-des-Vignes, ils ont changé d'idée. Si les femelles sont à l'image des mâles, ça n'a rien d'intéressant.

Aussi, une certaine gêne s'est installée entre les célibataires et les autres. Quelques époux vont même jusqu'à interdire à leur femme de parler ou regarder les hommes seuls. De petites disputes ont parfois lieu. Thorfinn et Snorri ont fort à faire pour préserver la paix. Snorri qui vit seul, prend souvent la défense des célibataires, au grand désespoir de Thorfinn.

— Il faut les comprendre, les soirées, sont longues et le lit est froid quand on n'a pas d'épouse.

— Ils n'avaient qu'à se choisir une femme avant de partir.

— Facile à dire! J'ai bien essayé, moi, d'en trouver une. Mais à la Verte-Terre, il y a beaucoup plus d'hommes que de femmes. Tu ne sais pas ce que ça signifie, être toujours seul.

— Tu n'as tout de même pas envie que je te prête ma femme! s'écrie Thorfinn en colère.

— Non, évidemment, se choque Snorri. Je veux seulement que tu sois plus indulgent.

Leur éternelle discussion ne règle jamais rien, car il n'y a pas de solution. Un incident calme soudain tous les esprits. Au début du printemps, à travers un nuage de fumée destiné à éloigner les mouches du campement, ils voient les étrangers.

Plus nombreux que l'année auparavant, des kayaks en provenance du sud, doublent le cap et entrent dans la baie. Ils agitent encore tous de grandes perches au-dessus de leur tête. Thorfinn et ses hommes montrent leurs boucliers blancs. Les Rabougris mettent pied à terre et sortent de leurs embarcations des peaux et des fourrures.

— Ils viennent marchander, s'écrie Snorri. Je me demande ce qu'ils désirent en échange.

Un petit homme noir s'approche de lui avec une belle peau de castor, douce et brillante. Il touche la chemise rouge de Snorri. Les étrangers veulent du tissu. Les Vikings acceptent le troc. Pour chaque peau donnée, les Rabougris reçoivent une mince bande d'étoffe de la longueur de l'avant-bras qu'ils se nouent autour de la tête ou des poignets. Pour eux, chaque bout de tissu est une parure qui vaut plus ou moins cher selon la couleur. Le rouge et le jaune sont les plus recherchés.

Régulièrement, ils reviennent avec des peaux. Après quelques semaines de ce manège, la réserve de tissu s'épuise. Les Rabougris demandent donc en échange de leurs fourrures, des armes, des haches ou des couteaux. Pas question d'accepter cela, décident les hommes de Thorfinn. Les étrangers pourraient très bien s'en servir contre eux.

Les Rabougris parlementent de plus en plus fort, crient et font du chahut. Snorri trouvent qu'ils ressemblent à des enfants gâtés, privés d'un jouet. Il empoigne l'un d'entre eux et le jette à l'eau. Quatre hommes sautent sur Snorri, prêts à lui fendre la tête avec une espèce de hache en pierre. Au même instant, le taureau appartenant à un des Vikings est attiré par les cris. Il sort de la forêt, se met à beugler et fonce sur les étrangers.

Pris de panique, les Rabougris embarquent sur leurs kayaks et s'enfuient vers le sud. Durant trois semaines, personne ne les revoit, mais par prudence, une vigie surveille la mer, jour et nuit. Un matin, l'homme voit arriver du sud un très grand nombre de kayaks. Il avertit ses compagnons qui prennent leur bouclier et leurs armes pour marcher vers l'ennemi. Ils entendent les Rabougris qui hurlent des cris de guerre. Ceux-ci descendent de leurs embarcations et attaquent à coups de flèches et de pierres. Thorfinn et ses hommes se battent de leur mieux, frappant avec leurs haches ou leurs épées.

Les étrangers sont plus nombreux qu'eux, mais moins bien armés. Enfin, c'est ce que croit Snorri. À sa grande surprise, un objet rond et noir tombe avec fracas tout près de lui. Il cherche d'où cela provient et voit deux petits hommes noirs planter une longue perche dans le sol. Ils la plient jusqu'à ce que le haut touche terre et y fixent une autre boule noire. En lâchant la perche, la boule est propulsée comme d'une catapulte et atterrit au milieu de Vikings, blessant un homme. Les deux Rabougris recommencent leur manège.

Snorri pousse un cri de rage et fonce sur eux. Du revers de l'épée, il les frappe, mais aussitôt d'autres Rabougris prennent leur place. Les Vikings font de leur mieux, mais l'ennemi les surpasse en nombre. Forcés de reculer, ils suivent la rivière vers l'intérieur des terres. Des mugissements et des bruits de sabots frappant le sol surprennent tout le monde.

Voyant leurs hommes en difficulté, les femmes ont décidé de rassembler le bétail. Elles guident maintenant à grands cris, vaches et taureaux sur le rivage. Les étrangers, effrayés par tous ces animaux, reculent vers la baie. Les Vikings reprennent courage et les forcent à remonter dans leurs kayaks. Abandonnant leurs morts, les Rabougris s'enfuient.

Thorfinn et ses compagnons félicitent les femmes pour leur bravoure et leur excellente idée. Puis, ils ont la triste tâche de s'occuper de leurs morts et de leurs blessés. On creuse quatre tombes pour les quatre Vikings tués au combat, et une grande fosse pour les neufs cadavres ennemis laissés sur le terrain.

6

Vers la fin du même été, Gudrid emprunte un sentier dans la forêt en tenant son petit Snorri par la main. Âgé d'un an et demi, l'enfant prend plaisir à courir en tous sens, forçant sa mère à hâter le pas derrière lui. Elle l'assoit dans des buissons nains couverts de petits fruits bleus. Pendant qu'il les mange goulûment, elle en remplit un gros panier.

Pas très loin d'eux, Thorfinn et Snorri coupent des arbres. Elle entend les coups de hache, mais ne peut les voir. Absorbée par son travail, elle ne remarque pas tout de suite que son fils s'éloigne à petits pas. Quand elle le réalise, elle se précipite à sa suite.

Avant de l'atteindre, trois Rabougris l'encerclent. Un quatrième prend l'enfant dans ses bras. Gudrid pousse un cri et saute sur eux dans un geste désespéré pour reprendre son fils. Elle mord, griffe, frappe de ses pieds et de ses poings, mais elle n'est pas de taille à se battre contre eux, alors elle hurle.

Tout ce bruit attire l'attention de Thorfinn et de Snorri. Ils accourent et aperçoivent entre les branches, les étrangers qui frappent Gudrid, puis se sauvent avec le jeune enfant. Thorfinn s'arrête près de sa femme, tandis que son ami poursuit les assaillants.

Gudrid est étourdie, mais ne semble pas blessée gravement. Elle demande à Thorfinn de ne pas s'occuper d'elle, mais plutôt de sauver son fils. Il tente donc de suivre les traces de Snorri, mais celui-ci est déjà loin. La forêt est dense, il ne voit aucun signe laissé par le passage des Rabougris. Il tourne en rond un certain temps, puis s'arrête et écoute.

Il entend un pleur d'enfant. Silencieusement, il se rapproche de ce son. Il voit enfin sur le sol, la hache de Snorri. La plainte est très proche de lui. Écartant un buisson chargé de feuilles, il découvre son fils roulé en boule qui tremble de peur.

Doucement, il l'attire à lui. Il cherche des yeux, mais ne trouve pas son ami. N'ayant aucun indice pour le retrouver, il retourne sur ses pas. Gudrid est folle de joie en voyant son enfant sain et sauf. Joie de courte durée, car Snorri manque à l'appel. Ils se hâtent vers le campement où une battue est organisée rapidement.

Jusqu'au soir, les Vikings fouillent la forêt, mais sans résultat. À la nuit tombée, ils rentrent peinés de n'avoir pu retrouver leur ami. Gudrid ne peut cacher ses craintes:

— Crois-tu qu'ils l'ont tué?

— Je ne sais pas, répond Thorfinn.

Pour la rassurer, il ajoute:

— Aie confiance, Snorri est solide et plein de ressources. On ne peut rien faire d'autre pour lui cette nuit. Mais il nous faut monter la garde. Je n'ai pas envie de me faire surprendre par ces horribles Rabougris. Je vais poster une vingtaine d'hommes autour des bâtiments. Tu peux dormir tranquille avec le petit.

Il la quitte pour participer, avec d'autres Vikings, à la surveillance de leur fort. La nuit est sombre, un minuscule croissant de lune ne jetant qu'une faible lueur sur le sol. Thorfinn ne voit rien, mais il entend parfois des cris. Est-ce son ami ou un pauvre petit animal attaqué par un plus gros que lui?

Le temps s'écoule lentement, chacun étant aux aguets. Même ceux qui ne veillent pas dorment d'un sommeil agité. Enfin, l'aube annonce le lever du soleil. C'est à cet instant que Thorfinn aperçoit un forme humaine se traînant vers le village. Il accourt en reconnaissant Snorri. Le pauvre est dans un état lamentable. Ses vêtements sont déchirés et mouillés, tout son corps est recouvert de brûlures, de traces de sang et d'ecchymoses. Il le soutient jusqu'à sa demeure.

Après avoir été soigné et ravitaillé par Gudrid, Snorri s'endort pour quelques heures, puis à son réveil, il raconte son aventure à tous les Vikings réunis.

— Quand j'ai rejoint ces affreux Rabougris, celui qui tenait le petit, l'a lâché subitement. Pas parce que j'étais là, mais à cause de ton jeune loup, commence-t-il en souriant malgré la douleur. Ce jeune Snorri a les dents longues, le petit homme noir l'a appris à ses dépens. Les deux pieds sur terre, ton fils s'est bien vite mis à l'abri d'un buisson. C'est un garçon futé!

— Oui, il te ressemble, approuve Thorfinn. Parle-moi plutôt de toi. Pourquoi t'ont-ils massacré ainsi?

— Pourquoi? Je ne sais pas, mais ils y mettaient beaucoup d'ardeur, poursuit Snorri en grimaçant. D'abord, ils m'ont assommé. Je me suis réveillé attaché à un arbre, ignorant totalement où j'étais. Ils étaient tous les quatre autour de moi, riant et disant je ne sais trop quoi. Ensuite, ils se sont amusés à me brûler, me couper ou me frapper. J'admets que c'était assez inconfortable. Alors j'ai décidé de faire le mort. Je pense qu'ils m'ont cru. Il faisait déjà noir, à ce moment-là. Après discussion, ils m'ont balancé dans une petite rivière. J'ai retenu mon souffle et laissé le courant m'emporter le plus loin possible. Quand j'ai cru être à une bonne distance d'eux, je suis sorti de l'eau. Il y avait un rocher non loin de là. D'en haut, j'ai vu de la fumée dans le ciel. C'est cela qui m'a guidé jusqu'ici.

— Cela ressemble à une vengeance, dit Gudrid. Probablement des frères ou des amis d'un des hommes mort sur la plage pendant la bataille.

— Oui, et ils peuvent recommencer, admet Thorfinn à contrecœur.

C'est ce que pensent aussi la plupart des Vikings. Comment se défendre contre cela? Quelques-uns suggèrent d'être toujours armés et de ne sortir à l'extérieur du fort qu'en étant en groupe de cinq. D'autres proposent de déménager au Fjord-des-Courants; là, il n'y avait pas d'intrus.

Mais plusieurs ne disent rien. Thorfinn voit dans leurs regards le mécontentement. Il sont nombreux à être insatisfaits de l'expédition. Venus pour s'établir, ils ont trouvé une bonne terre fournissant abondamment de la nourriture, mais pour nourrir qui? Ils vivent seuls, sans femme, ni enfants. Au fond, leur plus grand désir est de retourner dans leur pays d'origine.

En un seul jour, Thorfinn a failli perdre son épouse, son fils et son meilleur ami. C'est trop. Il est marchand et navigateur, pas guerrier. Vivre constamment sur ses gardes, dans la peur de voir sa famille massacrée et sa maison détruite, très peu pour lui. Il explique ce qu'il pense et offre de repartir pour la Verte-Terre.

Chacun pèse le pour et le contre, évalue la situation. Finalement, ils choisissent à l'unanimité de suivre Thorfinn. Le départ est fixé dans huit jours. Huit jours pour rassembler le bétail, préparer les bagages et amasser les vivres nécessaires au grand voyage. Mais aussi huit jours à vivre dans la peur constante d'être attaqués.

7

Laissant derrière eux leurs querelles internes, les insectes voraces et les Rabougris inhospitaliers, les Vikings quittent sans regret leurs maisons en bois. Mais ils ne partent pas les mains vides, ils emportent avec eux des fourrures, des fruits séchés ou en confitures et surtout du bois, denrée rare et recherchée sur la Verte-Terre.

Les navires longent le Surprenant-Rivage en sens inverse, glissant entre les mêmes îles, passant sans s'arrêter devant le Fjord-des-Courants. C'est déjà l'automne quand ils doublent le Cap-de-la-Quille. Ils remontent vers le nord-ouest et suivent la côte de la Terre-des-Forêts, puis celle de la Terre-du-Rocher-Plat. Tournant à l'est, ils mettent les voiles en direction de la Verte-Terre qu'ils atteignent en peu de temps.

Après deux longues années d'absence, ils remettent les pieds sur la terre d'Érik le Rouge. Malheureusement, il n'est pas là pour les accueillir, une vilaine fièvre l'ayant emporté durant le dernier hiver. À sa place, Leif, désormais père de trois enfants, leur souhaite la bienvenue et ouvre sa porte à ceux qui sont sans abri.

Gudrid présente fièrement à son père le petit Snorri. Caressant son ventre de la main, elle ajoute qu'il sera bientôt grand-père une deuxième fois. Bjorn embrasse sa fille et la serre longuement sur son cœur. Il est tellement heureux de la retrouver saine et sauve après cette absence qui lui a paru interminable.

— Venez, ma demeure est grande et chaude, dit-il en entraînant sa fille, son gendre, son petit-fils et Snorri. Ma maison est aussi la vôtre, elle est trop grande pour un homme seul.

Les voyageurs sont à peine installés depuis quelques jours que l'hiver les surprend avec ses rafales de neige couvrant terre et maisons. Le fjord se fige dans la glace retenant prisonniers les *knorrars* et les petites barques. Gudrid redécouvre l'hiver de la Verte-Terre. Un hiver plus froid et plus lourd à supporter que celui de la Terre-des-Vignes. Les longues soirées se passent à raconter leur voyage extraordinaire dans un pays si beau, mais si hostile.

Un matin, tandis que les hommes sont partis à la chasse, Gudrid s'amuse dans la neige avec son fils lorsqu'une jeune fille s'ap-

proche d'elle. Âgée d'une dizaine d'année, un long manteau de fourrure sur ses épaules et un bonnet de laine décoré de clochettes sur la tête, on n'aperçoit de son visage que ses immenses yeux noirs.

— Bonjour à toi, Gudrid, femme protégée par les cygnes bienveillants!

Surprise par ce salut, Gudrid l'accueille d'un geste de la tête, sans dire un mot. La jeune fille poursuit:

— On m'envoie te chercher. Il faut te hâter sinon tu arriveras trop tard.

— Qui t'envoie? Où veux-tu me conduire? Réponds!

La fille lui tourne le dos et marche en direction opposée du village. Après quelques pas, elle s'arrête et fait signe à Gudrid de la suivre avant de reprendre sa route. Qui est-elle? Pourquoi vient-elle la chercher? Pour le savoir, elle décide de lui emboîter le pas. Tenant Snorri par la main, elle emprunte le sentier qui s'éloigne du fjord et de sa maison. Elle contourne une colline et grimpe au sommet d'une deuxième avant d'entrevoir une petite cabane enfouie sous des mottes de gazon.

Une peau d'ours sert de porte d'entrée. La mère et le fils se glissent en dessous et pénètrent dans l'unique pièce. Après quelques minutes, leurs yeux s'habituent à l'obscurité et Gudrid voit une forme allongée sur un petit lit. Dans plusieurs plats d'argent déposés à

même le sol, de l'encens brûle répandant une odeur gui prend à la gorge. Des fétiches et des amulettes de toutes sortes sont disposés un peu partout dans la petite chambre.

Une main blanche et squelettique sort des couvertures et fait signe à la jeune femme d'approcher. Gudrid obéit et s'assoit près d'elle, Snorri sur ses genoux. Elle a reconnu la vieille aux longs cheveux blancs qui l'observe de ses yeux brillants.

— Que les dieux t'accompagnent, honorable Thorbjorg, toi qui reçois si souvent la visite de leurs messagers.

La vieille devineresse sourit à Gudrid et répond:

— J'ai bien besoin de l'aide des dieux, car dans peu de temps, j'entreprendrai mon dernier voyage, le plus long, celui dont on ne revient pas. Mais j'ai confiance, ma place dans l'autre monde sera belle et agréable, puisque j'ai bien servi mes maîtres. Ils sauront guider mes pas pour que j'atteigne sans problèmes le domaine des Sibylles et je pourrai me joindre à elles pour lire l'avenir des dieux.

Gudrid connaît bien les Sybilles et leur pouvoir de divination légendaire. Sa tante Halldis lui a souvent conté toutes les histoires merveilleuses des dieux vikings. Mais elle n'y croit pas, elle est chrétienne et tente d'oublier les enseignements de sa tante. Elle écoute pourtant la vieille femme qui poursuit:

— Je sais que tu ne pratiques plus notre religion, mais c'est en vain que tu essaies de la renier. Nos dieux existent autant que celui de ton père. La preuve, ils m'ont envoyé des esprits chargés de me révéler ta vie. Elle sera longue, jeune femme, aussi longue que la mienne.

— Je ne suis pas intéressée à connaître ce que l'avenir me réserve. Je fais confiance à mon destin.

— Et tu as raison, car il est fabuleux. Il t'a déjà mené dans un pays lointain et merveilleux, riche en terre, en arbres et en animaux de toutes sortes. Malheureusement, cet endroit n'est pas pour les Vikings. Plusieurs y retourneront, mais pas pour s'y établir. Les dieux ont décidé que cette terre était trop jeune encore pour être productive. Dans quelques centaines d'années, elle aura vieilli et d'autres hommes iront la peupler, des hommes venus de tous les coins du monde.

Thorbjorg respire péniblement et ferme les yeux. La jeune fille qui a guidé Gudrid s'approche et verse entre les lèvres de la vieille femme quelques gouttes d'un liquide épais et verdâtre contenu dans un coquillage blanc. La devineresse revient à elle et fixe Gudrid:

— Je m'épuise à parler de cela. Ce n'est pas la raison de ta présence ici. Depuis quelques semaines, les esprits me visitent toutes les nuits pour me parler de toi. Ce qu'ils me révèlent est de la plus haute importance. Les dieux se sont livrés à une bataille importante et il semble que ce soit le tien, celui que ton père et ton grand-père vénèrent qui a eu l'avantage. Odin, Thor et tous les autres lui cèdent la place, ils ont décidé de ne plus se mêler de la vie des simples mortels.

— Je ne vois pas ce que j'ai à voir dans cette histoire. Je ne suis qu'une femme bien ordinaire.

— Erreur! Tu es l'élue, celle, parmi tant d'autres qui aidera les humains à traverser le pont qu'ils doivent franchir pour passer d'une croyance à une autre.

— Moi! Mais comment pourrais-je accomplir un tel exploit?

— Ne t'inquiète pas. Une force supérieure à toi te montrera le bon chemin, le moment venu. Écoute la voix de ton cœur, écoute ma voix.

Gudrid est abasourdie. Jamais on ne lui avait parlé ainsi. Elle scrute le visage de la vieille femme, ce n'est pas là le regard d'une démente. Au contraire, ses yeux sont vifs et intelligents. Gudrid décide de lui faire confiance.

— Je suis prête à entendre ce que tu voudras bien m'annoncer.

Thorbjorg sourit et caresse doucement les cheveux blonds de Snorri. Elle dit d'une voix grave:

— Celui-ci suivra ta destinée, comme toi et comme le garçon que tu portes en toi, il a été touché par la main de ton dieu. Bientôt vous partirez pour la Terre-de-Glace. Là, tes enfants grandiront et à leur tour, ils procréeront. Ils donneront naissance à de grands chefs. Pas de ceux qui avec des épées et des haches brisent tout sur leur passage. Non, leur grande robe pourpre leur attirera la bienveillance des foules. Ils seront des bergers guidant le peuple dans la bonne direction ayant pour tout étendard, une simple croix. Pour toi, je vois un long voyage. Tu es seule, ton mari t'a quittée pour le pays des ombres. Tu n'es plus jeune, mais qu'importe, tu parviens à atteindre un pays béni de ton dieu pour y recevoir des consignes. Puis tu reviens chez toi. Tu es entourée de femmes, jeunes et vieilles, qui veulent t'aider à apporter le bien autour de toi. Les gens viendront de très loin pour suivre tes conseils. Tel est ton destin, tu n'y échapperas pas.

La vieille femme s'arrête de nouveau, épuisée, couverte de sueur. La fillette essuie son front. Ses gestes sont doux et affectueux. Elle lève sur Gudrid de grands yeux tristes. La pauvre enfant réalise bien que Thorbjorg se meurt.

— J'ai entendu, murmure Gudrid, mais je doute être celle qui réalisera tout cela.

— Moi, je le crois, dit la fillette, ma grand-mère l'a vu, alors ça arrivera.

Le son de la voix de sa petite fille sort la vieille femme de sa torpeur. Elle prend la main de Gudrid dans la sienne et dit d'un seul souffle:

— Je t'en prie, accorde-moi une faveur.

— Je veux bien t'aider autant que je le peux.

— Pour moi, personne ne peut plus rien faire. C'est à cette enfant que je pense, Thurid, ma petite-fille. À ma mort, elle sera seule. Prends-la avec toi, instruis-la. Je veux qu'elle suive ta voie. Tout ce que je possède lui appartiendra, ce sera largement suffisant pour payer tes dépenses pour elle.

— C'est promis, je m'occuperai d'elle, mais je ne le fais pas pour ton argent, qu'elle le garde. Elle en aura sûrement besoin plus tard.

La vieille rit doucement:

— Je ne m'étais pas trompée sur toi. Tu es bien telle que les esprits t'ont décrite. Va maintenant, laisse-moi. Quand Thurid ira te rejoindre, tu sauras que mon temps sur cette terre est terminé. Adieu!

— Adieu, honorable Thorbjorg, dit Gudrid en la quittant.

Dehors, le vent froid la fait frissonner. Snorri dans ses bras, elle presse le pas vers la maison de son père. Les paroles de la vieille femme tournent dans sa tête. Il semble qu'une des prédictions de la vieille se réalisera l'été prochain. Hier soir, Thorfinn et Gudrid ont déjà décidé de partir avec son père et quelques amis pour la Terre-de-Glace, plus chaude et plus accueillante malgré son nom.

D'ailleurs que signifie un nom quand on sait qu'Érik le Rouge baptisa son royaume, la Verte-Terre uniquement pour attirer des colons sur son énorme glacier. Dans sa tombe, il doit bien rire du vilain tour qu'il a joué à tous ceux qui l'ont cru!

Une douleur au bas du ventre rappelle à Gudrid qu'elle ne doit pas penser aux morts, mais à son enfant qui va bientôt naître. Celui qui, avec Snorri, guidera des peuples. Elle s'arrête de marcher et dépose son garçon par terre. Devant elle, un vaste champ, de neige s'étend jusqu'au fjord gelé et bordé de maisons d'où s'échappent des petites colonnes de fumée blanche, seul signe de vie apparent sur cette terre.

Elle songe qu'ils ont bien raison de quitter cet endroit désolé, car il n'y a rien ici. Rien qu'un glacier qui avance d'année en année et menace d'engloutir la petite colonie. Son avenir, et celui de ses fils, n'est pas sur la Verte-Terre, mais au-delà des mers, vers l'est. Après tout, Thorbjorg a peut-être raison.

Gudrid prend la main de son fils et l'entraîne vers leur demeure en lui racontant que demain il aura un petit frère et qu'ensemble, ils feront tous un beau voyage sur le *knorrar* de son père. Là, une vie nouvelle les attend. Même si son avenir n'est pas aussi merveilleux que le prévoit Thorbjorg, il sera meilleur qu'ici.

Index des noms propres

AUDE: Épouse d'Olaf le Blanc. Après la mort de son mari et de son fils, elle s'installe en Islande. Vifill fut son esclave, puis son affranchi. On la surnommait la Rusée.

BJARNI: Navigateur islandais, il découvre l'Amérique par hasard en cherchant à rejoindre son père au Groenland, vers l'an 985.

BJORN: Son nom véritable est Thorbjorn. C'est le second fils de Vifill et le père de Gudrid.

ÉRIK: Surnommé le Rouge à cause de sa chevelure rousse et de son goût pour les bagarres. C'est le colonisateur du Groenland, en 982. Il a eu trois fils, Leif, Thorvald et Thorstein, et une fille, Freydis. Contrairement à une fausse croyance, il ne s'est jamais rendu en Amérique.

FREYDIS: Fille naturelle d'Érik le Rouge, née au Groenland.

FREYR: Dieu viking des semailles à qui l'on faisait des offrandes à chaque printemps.

FRIGG: Déesse viking, épouse du dieu Odin.

GUDRID: Fille de Thorbjorn et de Hallveig. Elle épouse d'abord Thorstein, puis après sa mort, Thorfinn. Avec lui, elle va en Amérique. Ils reviennent au Groenland avant de repartir pour l'Islande. Ils ont deux fils (Snorri et Thorbjorn) et une fille

(Thorunn). Après la mort de Thorfinn, elle fait un pèlerinage à Rome, puis revient fonder une église et un couvent de religieuses en Islande. Elle prend elle-même le voile. Trois de ses petits-fils devinrent des évêques (Brand, Bjorn et Thorlak).

HALLDIS: C'est la tante de Gudrid et sa mère adoptive, après la mort de Hallveig.

HALLVEIG: C'est la mère de Gudrid.

JOL: Fête célébrée à la mi-janvier.

LEIF: Fils aîné d'Érik le Rouge, il fonde un campement en Amérique, probablement à l'Anse-aux-Meadows, au nord-est de Terre-Neuve, vers l'an 1000.

ODIN: Le plus important des dieux vikings, il s'occupe de la magie et de la mort. C'est aussi un dieu très sage qui possède deux corbeaux chargés de le tenir au courant de ce qui se passe dans le monde.

OLAF LE BLANC: Chef guerrier qui devint roi en Irlande par la force de son armée. Malheureusement, il fut tué par ses ennemis, et sa femme, Aude la Rusée, dut s'enfuir. Il captura Vifill lors d'une de ses nombreuses batailles en Europe.

OLAV: Roi de Norvège de 995 à 1000. Devenu chrétien, il tente de convertir son peuple et celui d'Islande et du Groenland par la force.

ORM: C'est l'oncle de Gudrid et son père adoptif, puisque Thorbjorn lui a confié sa fille.

SNORRI: Grand ami de Thorfinn, il l'accompagne dans tous ses voyages.

SNORRI: Premier fils de Gudrid et de Thorfinn, né en Amérique.

STEIN: Son vrai nom est Thorstein. C'est le plus jeune fils d'Érik le Rouge. Il épouse Gudrid et part pour l'Amérique. Son voyage est raté. Il revient au Groenland où il meurt peu après, durant une épidémie.

THJODILD: Épouse d'Érik le Rouge, elle se convertit au christianisme et fait bâtir la première église du Groenland.

THOR: Dieu du tonnerre.

THORBJORG: Devineresse habitant le Groenland, très recherchée pour ses pouvoirs occultes.

THORFINN: Navigateur et commerçant islandais, il rencontre Gudrid au Groenland et l'épouse. Il part avec elle pour fonder une colonie en Amérique. Après deux ans d'efforts, ils reviennent au Groenland, puis en Islande où ils s'installent dans une ferme au nord du pays. Il y meurt longtemps après.

THORGILS: Fils de Leif et de Thorgunna.

THORGUNNA: Épouse de Leif, elle est née aux Hébrides.

VALD: Son nom véritable est Thorvald. C'est un fils d'Érik le Rouge. Il meurt quand il tente de s'établir en Amérique, à la suite d'une attaque des indigènes.

VIFILL: Noble européen, fait prisonnier par Olaf le Blanc qui le réduit à l'esclavage. Aude la Rusée l'emmène avec elle en Islande où elle l'affranchit. C'est le père de Thorbjorn et le grand-père de Gudrid.

Table des matières

Lithographié au Canada
sur les presses de
Metrolitho inc. - Sherbrooke